很少有文体能像科幻作品这样既有文学性，又有科学的想象力。科幻能帮助孩子们建立起理性思维，培养孩子的想象力，留住孩子的好奇心。创作出让孩子能看得懂的少年科幻作品，是我一直坚持的目标。

杨鹏

人有无数个面目，美的、丑的、善的、恶的，在不同的环境和不同的
人面前，它们就像万花筒一样组合出各种画面，让人觉得不可思议。

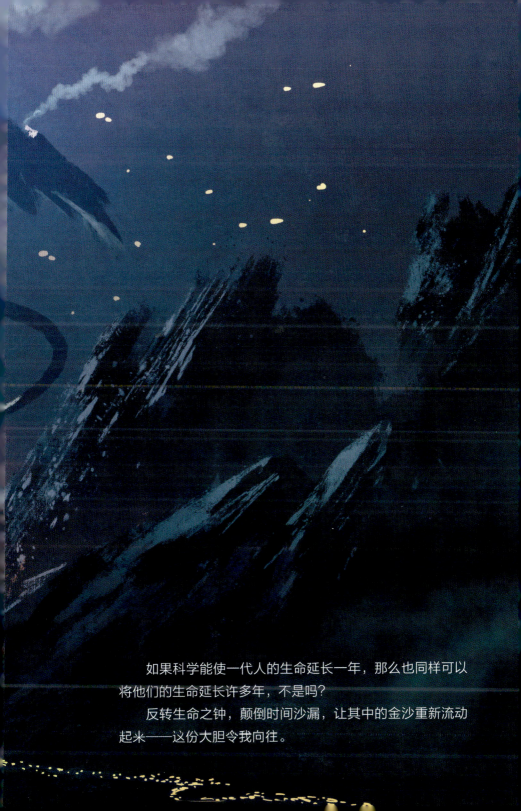

如果科学能使一代人的生命延长一年，那么也同样可以将他们的生命延长许多年，不是吗？

反转生命之钟，颠倒时间沙漏，让其中的金沙重新流动起来——这份大胆令我向往。

　　我在 K 星没有任何亲人，没有家庭的牵绊，可以心无旁骛、一心一意地工作。我探测人的心灵，通过生物波解读人的每一个念头，如同他们肚子里的蛔虫。

在太阳烧尽以前，利用海水中无限的能源引发核聚变，把整个地球运送到其他恒星系的想法，早在 1961 年便由美国新墨西哥州的洛斯阿拉莫斯实验室主任傅尔曼提出。

希望所有的孩子，
在领略科幻小说的大气磅礴后，
对世界永葆一颗单纯的少年之心。

给少年的科幻经典

地球逃亡

黄海 等 著

ART·TIME
时代出版
时代出版传媒股份有限公司
安徽科学技术出版社

图书在版编目（CIP）数据

地球逃亡 / 黄海等著. —合肥：安徽科学技术出版社，2023.6
（给少年的科幻经典）
ISBN 978-7-5337-8734-9

Ⅰ.①地… Ⅱ.①黄… Ⅲ.①儿童小说—幻想小说—小说集—世界 Ⅳ.①I18

中国国家版本馆 CIP 数据核字（2023）第 067224 号

地球逃亡
DIQIU TAOWANG

黄海 等 著

出 版 人：丁凌云　　　选题策划：高清艳　　　责任编辑：高清艳
特约编辑：潘丽萍　　　责任校对：戚革惠　　　责任印制：廖小青
封面设计：叶金龙　　　封面绘图：孙　屹　　　内文插图：王文成
出版发行：安徽科学技术出版社　　　http://www.ahstp.net
　　　（合肥市政务文化新区翡翠路 1118 号出版传媒广场，邮编：230071）
　　　电话：（0551）63533330
印　　制：安徽新华印刷股份有限公司　电话：（0551）65859551
（如发现印装质量问题，影响阅读，请与印刷厂商联系调换）

开　　本：635×900　1/16　　印张：14.5　　插页 4　　字数：145 千
版　　次：2023 年 6 月第 1 版　　　2023 年 6 月第 1 次印刷

ISBN 978-7-5337-8734-9　　　　　　　　　　　定价：29.80 元

打开少年科幻阅读之门

杨鹏

少年科幻作品的创作，一直存在着两种创作本位，即"儿童本位"与"成人本位"。虽然作者在创作时，未必能意识到这一点，但不同的创作本位，在看到的世界图像、展现的精神图景、表现的语言状态、展示的文本形态等方面，都是不一样的。

"儿童本位"是指作者始终站在少儿受众的本位去创作少年科幻作品。在他们的眼中，少儿和成年人一样，是完整、独立的，和成年人完全平等（甚至是更加聪明、具有后喻文化优势、不需要成年人去训诫的"人"）。他们从少儿作为"人"在这一时期的心理特点、兴趣爱好、知识需求、理解能力、阅读期待、与成年人及世界的关系等方面进行创作。作者的态度是防御性的，他们认为少儿的想象力和优秀品质是与生俱来的，成年人的某些僵化的思维与陋习会对孩子的童年和想象力造成损害，因此他们需要不遗余力地保护孩子的童年与想象力。这类作者是少年和儿童的代言人。他们在创作作品时，虽然不能完全放弃其作为成年人的一些特质，如成年人的世界观、价值观等，但他们是在有意识的状态下最大限度地舍弃了其成年人的角色，返回了童年。其实，许多作家内心深处的某一部分从未长大，永远停留在童年或者少年时期的某个阶段，所以他们清晰地记得自己在那个阶段的爱好、需求、对语言的感受、对成年人的看法、对世界的判断，以及什么样的科幻作品最能引起他们的兴趣。因此，他们不需要俯身去迁就少儿读者，只需要按照内心深处那个永远长不大的孩子的眼光、爱好、需求去创作，就能轻而易举地写出俘获少儿读者的科幻小说。

"成人本位"则是以创作者个人的成年人角色为本位去创作少年科幻作品。这一类作家在创作时会坚守自己的成年人视角、思维和理念。在他们的眼中，少儿是"不完整的人"，需要他们用科幻小说去潜移默化地植入正确的科学知识、科学理念、科学方法、科学思维，需要他们用代表人类先进文化、具有前瞻性的科幻小说为武器去抵御外来不良文化和愚昧思想的入侵。他们坚信只有这样，少儿在成长中才不会误入歧途，才能拥有正确的价值观，才能成长为优秀的"人"。这类作者认为他们是少年和儿童的教育者，他们也在保护着少年和儿童。不过，"儿童本位"作家抵御的对象是所有长大的成年人，而"成人本位"作家抵御的对象是与他们世界观不一样的成年人。这类作者在创作少年科幻小说时会俯下身去模仿儿童。他们中的大多数完整地度过了自己的童年，基本上没有童年创伤，但他们的童年经验是模糊、不完整的，甚至是缺失的。他们的创作经验多是来自创作成人科幻小说的经验。他们只是将主人公或主要角色转换成少年或儿童，运用他们心目中的儿童语言去为少年和儿童创作。他们在讲科学原理时，只不过是采用了更加浅显的讲述方式，在创作心态上始终高于儿童。

此外，对于未成年人来说，不同的年龄阶段对作品的需求是不一样的。孩子的年龄越小，在成长过程中阅读作品的形态变化就越大。即使到了小学阶段，低年级的孩子与中高年级的孩子阅读作品的形态也是完全不同的。上初中后，阅读作品的形态逐渐稳定下来，初中生和高中生阅读的作品只是知识和语言难度上的区别。由于这个原因，少年科幻作品在文本形态，如人物塑造、语言结构、故事性、知识程度等方面都是不同的，需要细分。"儿童本位"的作者在为小学阶段的孩子创作作品上更具优势，因为他们内心深处的某一部分仍然停留在这一阶段，深谙这一阶段孩子的心理特点、阅读期待和语言习惯。"成人本位"的作者在创作适合中学阶段读者的作品方面更具优势，因为这个年龄段的青少年阅读的作品与成年人的作品已十分相近，没有阅读壁垒和阅读障碍，心理认同上也更趋向于成年人。

"儿童本位"和"成人本位"在创作上没有高下之分。

好的作品都是孩子的良师益友。

　　本丛书收集了中外科幻小说名家专门为孩子创作的优秀少年科幻小说。这些作品同样可以用"儿童本位"和"成人本位"来区分。了解两种不同的创作本位，我们就得到了打开少年科幻阅读之门的一把钥匙。

目录

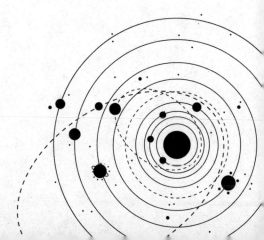

地球逃亡

黄海

野餐

银毛狗甩动着身子，从树荫下跑出来，伸着长长的舌头，哈着气，眯眯眼望望天空，狂吠了几声，好像在对炽热而火毒的太阳抗议，表达不满。它弯着身子在草地上闻闻嗅嗅，突然像发现了什么可怕的事似的，转身快步奔向山坡下一对正在野餐的男女。

坐在树下的两个年轻人——米阿吉和罗珍珍，正为一桩小事吵架。阿吉大口大口喝着橘子汽水，还不停地拿手帕揩汗，斜眼瞟珍珍。

"今天出来玩，可真惨！"珍珍脸上挂着豆大的汗珠，娇声嚷着，"谁说我不喜欢吃冰激凌，怕胖？我才不，我够苗条了！"珍珍还故意扭动一下腰，自我炫耀了一下。

阿吉默默望着她。珍珍一脸不高兴，瞪眼说："你把我妈送给我的戒指弄丢了，你看，该怎么办？"她伸出玉白的手指，上面已不着一物。

阿吉把汽水饮尽，掏手帕要为珍珍揩汗，珍珍又冒出了汗珠。

"你说怎么办嘛！那是我妈留给我的纪念品呀！"

阿吉笑了笑，一副无可奈何的样子。

"没关系！又不是把我送你的戒指弄丢了，我再送你一只就是！"

阿吉的手帕刚刚碰到珍珍的脸颊，珍珍便转过脸，站起来，跺着脚说："我要走了！"说罢，三脚两步奔向野草没膝的小径。

"别发脾气了，珍珍！"阿吉跟着她，连连赔笑。

珍珍鼓着嘴，气急败坏地走着，阿吉紧跟在后。这时，珍珍带来的银毛狗从另一边汪汪叫着冲了过来。

珍珍弯下腰，摸摸银毛狗的头，银毛狗却仍狂吠不止。

"咦？"珍珍发觉不对劲，心里慌起来，抬头望着阿吉，"你闻到什么味道没有？"

阿吉使劲嗅了嗅，说："东西烧焦的味道，青草、树木烧起来的味道，不是……不是本来就有这样的味道吗？天气实在太热了！青草和树木都被晒得烧起来了！"

这时，阿吉怀中的无线电通话器响起了"哔哔哔"的紧急呼叫声。

"喂，我是阿吉，我在桃园山上……"

"阿吉，我是大雄，桃园山上起火了！你们还是快点回来吧，科学发展部也正在找你！"

"怪不得！"珍珍抱起小狗，叫道，"银毛，快走！阿吉，快走！"

"呵呵！"阿吉牵着珍珍的手说，"再不走，我们都要变成人肉干了！"

珍珍白了他一眼，她已吓得面无人色。他们赶到山路边的轿车旁时，山顶上浓浓的烟把太阳都遮住了，从四面八方派来的直升机救火队正在喷洒灭火剂。

"哼！我不理你了！"阿吉送珍珍到她家时，她还噘着嘴。她甩着长长的头发冲进家门，这时她的爸爸正好从里面出来了。

被称为"老百科"的罗百科博士额头冒着汗，汗水在阳光下闪闪发亮。他深陷的眼眶里，两只眼睛投射出锐利的光。他摇摇头，拍着女儿的肩膀问："这么热的天气，太阳都快把所有东西都烤焦了，你们还去哪里玩呀？"

"去野餐。"阿吉双手叉着腰，直挺挺地站着。大颗的汗珠沿着他的鼻梁流下来，流进嘴里，咸咸的。

"怎么回事？"老百科发现珍珍神情不对，拉着她的手问，"是不是给山火吓着了？"

"我该死，把珍珍的戒指弄丢了！"阿吉激动地立正，却又感到滑稽，差点笑出来，"我活该，我……在太阳下罚站！"

"小事小事！"老百科用手挡着当空的艳阳，眯着眼走过来，对阿吉笑着说，"科学发展部现在正需要我们，我们快走吧！"

阿吉本来还想对珍珍讲几句好话，赔赔罪，既然老百科这么说，他就赶紧进了车子，顺便把老百科送到科学发展部。

科学发展部是联合国设立的一个世界性科学机构。

几个月来，由于世界各地的气温升高，到处都有干旱、野火，或其他大的气象变化：有的沙漠地区突然下起雨来，还下个不停；有的地方刮起可怕的暴风，摧毁了建筑、公路、桥梁，害死了人畜，以致人心惶惶。民间流传着各种猜测。有人说，过去人类使用汽油，排放工业废气，不断污染大气层，造成了温室效应，使得全世界的平均温度不断升高；有人说，太阳在太空中运行，也许遇到了太空中的怪气体，使得太阳辐射不断增加，地球温度也跟着上升；也有迷信的人说，世界末日到了……因此，科学发展部的工作越来越紧张忙碌。

科学发展部在过去的许多年中取得了辉煌的成绩，比如研发并使用机器人来代替警卫看守犯人，令所有犯人都服服帖帖，机器人还能二十四小时工作。真有人要脱逃的话，机器人是不讲情面的。即使它损坏，也可以再修好。再比如新能源的开发：地球上的石油用尽以后，势必要用另一种能源来取代它，最廉价而又没有污染的便是"人造太阳"，也就是利用核聚变产生的能源，这和以前有严重放射性污染的核能发电厂利用核裂变产生的能源是不同的。

大变异

"给我一根棍子、一个支点，我就能撬起地球！"老百科用洪亮的声音对一群少年说道。他的大嗓门把正在打瞌睡的阿吉吓了一跳，阿吉望着老百科发愣。

老百科的视线射向他。"阿吉！"老百科问，"你说说看，刚才那句话是什么意思？是谁说的？"

米阿吉只听到"撬起"什么"球"、什么"点"，一时回答不出来。他按了几下手腕上的微型计算机表，小小的显示屏上立刻出现了一行字："输入信息不足，无法回答。"

"哦，哦……"阿吉注视着微型计算机表。

旁边的大雄推推阿吉的手肘，轻声对他说："阿基米德，是阿基米德说的！"

阿吉揉揉眼睛，清了清喉咙，自信地回答："是我阿吉去美国留学以前说的！"

"什么？"老百科的眼睛瞪得有铜铃那么大。

在场的人都哈哈大笑。

"我以前打过球——"米阿吉挠挠头还想继续说下去，却被大雄用手捂住嘴。

"你们看，这就是现代的阿基米德。"大雄把阿吉拉起来，对着大家说。

阿吉瞄了一眼手腕上的微型计算机表，这才明白了刚才的问题。他在表盘上输入符号，表上出现了几行字："阿基米德，古希腊物理学家兼数学家，生于公元前287年，逝于公元前212年，曾测定圆周率，发现杠杆原理、浮力原理。"

阿吉一句一句照着念出来，念到一半，老百科摇摇手说："不必了，你这样照本宣科有什么用？你的脑袋不如机器，真差劲呀！"

正在这时，"叮咚"一声，墙壁上的紧急通信显示屏出现了一道闪光。播报员在显示屏里说："不好了，有好几个机器人警卫被谋杀了，请防卫队前去查看。"

老百科眨了眨眼，问："是怎么被谋杀的？"

"他们是在监狱附近被谋杀的。"播报员的影像消失了，显示屏上出现了一个机器人，它的胸部被死光枪射中了，烧灼后冒着烟，从损毁的部位来看，里面的线路已纠结成一团，机器人的两眼如死鱼眼般瞪着天空。

"像这样的机器人残骸有五具。"播报员又说，"最好赶快派人去机器人管理局看看。"

"好的，好的。"老百科的手朝阿吉一指，说，"阿吉，你带'保你健'机器人修理师去吧。可别再打瞌睡啦！"

阿吉回过头来与大雄握了握手，大叫一声："好！"然后飞快地奔出简报室。

"保你健"机器人的脖子伸得长长的，它从仪器检验室的窗口探出头来，看见阿吉快乐活泼的样子，就知道又有任务了。

阿吉走进来，攀住"保你健"的双肩，在"保你健"那人工肌肉和人工皮肤制成的脸颊上亲了亲。他们准备好工具和配件之后，就开车往机器人管理局驶去。

　　"局长，你好。"阿吉走进机器人修理室，看见局长在检视机器人的内部零件。局长身边有两个职员，其中一人拿着刚拆卸下来的一个外形像弹珠的零件，它在灯光的照射下闪闪发光。

　　局长朝阿吉点点头说："你带了助手？"

　　"'保你健'，"阿吉拍拍"保你健"的肩膀说，"一流的机器人修理师，保你健康，保机器人健康。"

　　"啊！那好，那好！"局长愁苦的脸上绽开了笑容。他指着墙壁上的监视屏说："你看，在你到达管理局前的十分钟之内，又有三个机器人被杀害了。"

　　监视屏上出现了三个不同的画面，都是受害机器人的实况转播。

　　"到底怎么回事？"阿吉不由得倒抽了一口冷气。

　　"情况不明。"局长皱着眉头说，"有人说是心智功能发生故障的机器人拿死光枪把同类杀死的，这真疯狂。机器人管理局正在追查哪个机器人出了毛病。"

　　局长把阿吉和"保你健"带到机器人样本室，里面陈列着各式各样的机器人，有潜水机器人、太空机器人、球员机器人、医学机器人、核工程机器人……不一而足。它们有的蹲着，有的坐着，有的站着，有的躺着。局长指着一具用绳索吊在空中的编号2501的机器人残骸说："这是'超感应'机器人。"

"'超感应'？"阿吉为之一惊。

"真有'超感应'？""保你健"一时也糊涂了，"我没听说过。"

"那你怎么修理它呢？"局长幽默地说："你得先修理自己吧。"

"也许，也许。""保你健"连连点头，"我是机器人修理师，待会儿我去找我的修理师为我修理，增加新智慧，就可以修理它了。"

局长指着面前的机器人说："现在这个机器人没有接通电源，所以乖乖地被吊在空中，一旦通了电，可就有得瞧了。"

局长说了一声"请把它放下来"，自动化设备便把"超感应"从空中放了下来。机器人的背部和腋下都由绳索吊着，局长把绳索解开，再把机器人胸口的一个控制板打开，拨了电源开关的密码。突然，"超感应"开始神气活现地挤脸、皱眉、伸舌头、瞪眼。

"哼！""超感应"拉住"保你健"的手笑它，"你是机器人，但你差我一级，你可以修理机器人，却修理不了我。"

"保你健"难为情地望着它说："俗语说'活到老学到老'，我当然还要继续学习。"

"你能告诉我们——"阿吉赶紧开口问。

"超感应"伸出手按住阿吉的嘴巴，抢着说："你别

说了，让我来猜猜你想说什么——哦，你是在苦恼……苦恼……有好多机器人……好多警卫机器人被杀害了，你——正追查原因……"

"超感应"突然缩手，好像发觉到什么不对劲的事，拔腿就跑，嘴里还叫嚷着："你们还想抓我的同伴，你们……你们要害它。"

"嘟嘟——嘟嘟嘟——"警笛声在机器人管理局的各个角落里响了起来。

"超感应"身手矫健，反应灵敏。每当别人接近它时，它都能感知对方的想法并预判对方的动作，因而很容易就能躲开攻击。它一个走廊接一个走廊地奔过去，下楼梯，搭电梯，没有任何人或机器人能阻拦它。它冲进地下室的停车场，铁门正徐徐落下，要拦住它的去路……

监视屏前的阿吉转过头来对局长说："不如放它走吧，也许它可以帮我们找到另一个'超感应'机器人'料如神'。"

"对呀！也许毛病就出在'料如神'上，才会有那么多机器人被杀害。""保你健"也附和道。

局长的手指头从一个计算机按键上拿开，只见监视屏幕上的铁门停止了降落。"超感应"飞也似的奔出去，打破一辆汽车的窗户，伸手开了锁，钻了进去。凭着超感应力，它从驾驶座的坐垫下找到了一把钥匙，插进油门的钥匙孔，发动马达，风驰电掣地冲向街道。

"现在'超感应'跑了，我们怎么办？"

"我们等进一步的消息。"阿吉胸有成竹地说。

"你这么有自信，'超感应'会找到'料如神'吗？"局长不以为然，他有点担心刚才放走的那个"超感应"机器人会不会又闯祸。

"应该会的，"阿吉说，"既然这两个机器人都具有超感应力，应该很容易联络上。这样，本市发生的所有机器人谋杀案就可以解决了。"

在机器人修理室，"保你健"一一检视被死光枪损毁的机器人，它把两具机器人残骸的脑部记忆存储器取下来，分别接在计算机系统线路上。

"到底发生了什么事？""保你健"问。

"'料如神'说……"两具机器人残骸的脑部记忆存储器通过计算机系统同时发出声音，并在计算机屏幕上显示出文字，"世界即将毁灭……世界末日到了，所以……为了拯救机器人，它只有先消灭机器人，让机器人免受痛苦……让机器人早日得到解脱……"

"真有这回事吗？"阿吉呵呵笑。他从房间的窗口看出去，又红又大的太阳非常安详地挂在高楼之间，他心想：这个太阳已经照耀了地球五十亿年之久，至少还可以再燃烧五十亿年，说世界末日就要到了，岂不是杞人忧天、痴人说梦？他的手指在"保你健"的耳朵上弹了一下，说："你听清楚了没有？世界末日到了，机器人怎么办？"

"阿吉，你别打趣我！""保你健"说，"你听他们还说了些什么。"

两具机器人残骸的脑部记忆存储器通过计算机系统，发出一阵叽叽咕咕的怪声，滑稽极了，像是在嘲笑阿吉刚才说的话。

"'料如神'不应该这么做，它疯了……"计算机系统的发声器传出了话，那是受害机器人的脑部记忆存储器说的，"难怪它会做疯狂的事，说疯狂的话。"

"不错。"阿吉伸手拉住"保你健"的臂膀，说，"这下你还得修理心理有毛病的机器人了。"

"保你健"继续检查其他几具机器人残骸，有的不能言语，有的没说什么，有的说："不知何故，突然一个影子冲上来，没头没脑地就开了枪，接着我就不省人事了。"

让机器人来修理机器人，或是由机器人来制造机器人，早在人们研发并使用机器人之前，一些科学家便有了这样的构想。"保你健"修理过无数机器人，经验丰富，但它也得经常进入大计算机系统接受新知识，并在科技学院学习新技术。面对眼前许多受害的机器人，为了使修理工作更高效，它只有要求更多的机器人助手来参与工作。一时间，整个机器人修理室都是机器人，在"保你健"的指挥下，它们忙忙碌碌地工作着。

报告来了，一共有20个机器人被谋杀。

为什么"料如神"会觉得世界末日来了呢？阿吉苦苦思索着。离开机器人管理局之后，他独自驾驶着直升机在常青市上空盘旋。这个新建的城市靠海，格外美丽，椰子树的枝叶迎风招展，入夜之后，整齐划一的街灯把道路点缀得如镶嵌着晶亮的宝石一般，璀璨炫目，与天上的点点星辰相互辉映。

"阿吉，"大雄在无线电中呼叫，"我是大雄。"

"大雄，你在哪里呀？"

"我在……在天文台，"大雄结结巴巴地说，"刚……刚才发现……发现了UFO（不明飞行物），老百科要我到天……天文台来，果然，他们也记录到了。"

"真有UFO吗？"

"我也不知道，好多人在海滨公园看到了，是神秘的发光体。"

"就是那种传说中外星人驾驶的飞碟？"阿吉不由得往机舱外望，兴奋地问。很久以来，他就想了解这种科学界一直无法证实的神秘物体，想知道它到底是怎么回事，到底是什么样子。如果真有外星人，他希望能跟外星人做朋友。

"阿吉，你的事情办得怎么样？有没有追查到机器人谋杀案的凶手？"

"没有。20个机器人被谋杀，真可恶！"阿吉愤愤地说，脑海中浮现"保你健"指挥手下进行修理工作的忙碌景象。所有这些不明不白被杀害的机器人，难道都是因为一个叫"料如神"的机器人失去理智而大开杀戒的后果吗？正在思考时，他突然发现前方海滨上空的云层里钻出了许多发光体。

"啊——"无线电中大雄的惊叫声拉得很长，"UFO又来了！又来了！"

"大雄，我看到了，是UFO，是UFO！"阿吉也大叫起来，兴奋地往前驶去。

那些发光的圆形物体神秘地停留在空中，好像故意叫人看个仔细，数个清楚。

阿吉按下自动摄影机的开关，将它们拍了下来。

"1个、2个、3个……哟，一共21个。"阿吉再度大声叫起来。

通过无线电，阿吉也听到大雄在天文台喊着："真不得了，这下UFO公开露面了，天文台台长说……说他真的大开眼界。阿吉，你相信了吧？"

"来了一大群，有……21个发光体。"阿吉再数了一遍。

"为什么是21个？"大雄问，"你想不想查查看？"

"我过去看看再说。"

那些发出橙色光的物体有时还会发出红色、白色、绿色的光，在夜晚看起来相当悦目。

"阿吉，"这时，他听见无线电中传来一个喑哑的嗓音，"我是老百科，你别以为真遇上了UFO。查清楚再说。"

"老百科，放心。"阿吉回答，心里却有些害怕。

"阿吉，老百科对你说，科学侦察中别一味地逞能，你别冲得太猛……我不相信有UFO！"

"知道啦，老百科。"阿吉顽皮地笑了笑，鼓起勇气，驾着直升机朝那些发光的UFO飞去，"老百科，你等着瞧，我会查出个究竟的。"

阿吉的直升机逐渐飞近UFO，无线电中传来强烈的静电干扰。阿吉听不到老百科或大雄的声音了。阿吉的直升机接近时，那些停在空中的圆形发光飞行体突然快如闪电地离去，钻入云层，消失得无影无踪。老百科的声音夹杂着喘气声，又从无线电中传来："阿吉，它们都跑了。喂，你能听见我说话吗？"

"老百科，我能听见……那些UFO飞得可真快，我的眼睛到底有没有看错啊？"

"别谈什么UFO啦，你现在去海滨看看，有报告说海平面上升得很快，那边的房子有不少被淹没了，本市已经进入紧急状态……"

阿吉四处望望，先前的UFO早已不见，令他感到怅然。他把刚才拍的照片用计算机显影，赫然发现一个英文字母"H"。这些UFO排列成"H"形，到底有什么用意？还有，20个被谋害的机器人与21个飞碟有关吗？他百思不得其解。

阿吉把直升机驶向海边的大桥，只见海水已淹没了桥面。在灯光的照射下，各种杂七杂八的物件漂浮着，有几条狗在水面上挣扎着游泳。

"温度升高的原因，"老百科气急败坏地说，"地球的温度最近突然升高，使得极地的部分冰山融化。因此，海边的城市都遭了殃。这是全球性的灾难，我们……常青市就要倒霉了。"

　　阿吉心慌意乱，他想起住在山坡上的家人，虽然那儿地势较高，不怕海浪侵袭，但终究令他不安。他使用无线电话和家人联络。

　　"阿吉，你真是天不怕地不怕。"母亲喊道，"你出去了那么久也不快回来，你知道家里发生了什么事吗？"

　　"不知道。"阿吉更加紧张，呼吸急促了起来。

　　"机器人——我们的家用机器人'好帮手'被谋杀了。"

　　"什么？"阿吉吓了一跳，"那现在就有21个机器人被杀害了！"

　　"阿吉，你说什么？"母亲一下子没听清楚，不解地问。

　　"妈，你没看电视吗？常青市有20个机器人被谋杀，现在又增加了1个，正好21个。"阿吉急匆匆地解释，"刚才有21个UFO飞过，这不是很奇怪吗？"

　　"你怎么知道只有21个机器人被害，不会有更多的机器人被害呢？"

　　"噢，说的也是，妈。"

　　"亏你还当科学发展部的侦察长。"母亲在电话中数落他，"你还是快点回来吧！海边不太平静，有不少房子被海水淹没啦！"

　　"妈，我会的。"阿吉说完就关掉了无线电，直往科学大楼飞去。

　　直升机在楼顶的停机坪降落，阿吉抬头望望天空，许多救难用的直升机穿梭在星光闪耀的夜里。他还在为刚才那21个发光的UFO编队的情景感到震惊，心中激动不已。现在，当他再度思考这一连串怪事，不由得又困惑又惊恐，毕竟那种原因不明的意外事件实在太不可思议了。他进入侦察组的办公室时，老百科正对着计算机屏幕上的许多数字和图形发呆。

"老百科，有头绪吗？"

"头绪？"正在为许多突发事件头疼的老百科转过头来，他的头顶发亮。许多工作人员也正在忙碌地处理危机，每个人都神情凝重。老百科说："你自己看吧。"

主计算机屏幕上的文字显示：

　　UFO的来访是否与机器人被杀害事件有关，或与气候突变、冰山融化、海平面上升有关，无法得知，因为UFO本身就是未经人类证实的物体。

　　目前最大的危机是气候突然变化，大气温度升高，海平面上升，假如再这样恶化下去，南极、北极冰山会全部融化，海面会升高约60米，所有人都要被海水淹没了。根据计算，空气中每增加13%的二氧化碳，地球上的平均温度就会上升1℃……

"保你健"也回来了，它带着忧伤的神色说："20个机器人都修好了，每个机器人中枪的部位都一样，发生故障的地方也都一样，真是见鬼了！"

"还有一个机器人也遇害了。"阿吉说，"这样一共是21个。"

"怎么会呢？"大家不约而同地问。

"是我家的仆人'好帮手'。"阿吉苦着脸说，"刚才听说它也被害了。"

"真邪门呀！"老百科歪着脑袋沉思，"机器人与UFO之间到底有没有关联？是不是环保联盟在搞鬼？"

"还会有更多的机器人遇害吗？""保你健"说，"再这样下去我可要忙坏了。"

"不会了。"老百科注视着计算机屏幕刚刚显示的最新数据，"刚才'超感应'发来信息，它已经找到'料如神'了，'料如神'身上写着奇怪的数字'21'，不知道是怎么回事。"

墙壁上多屏幕监控中的一段影像快速传送到计算机屏幕上："料如神"躺在一棵大树下，四肢朝天，恰似一个醉汉在睡大觉。"超感应"正在旁边拿着仪器对它进行检测，"料如神"的胸口的确有白色的阿拉伯数字"21"。

在场的人看了都困惑不解。

阿吉看到那棵树上挂着一只小铜铃，认了出来，那是他前几天带小狗美丽到家后面的小山丘去玩时挂的。

"啊！"阿吉不禁叫起来，"就在我家附近嘛。"

不久，阿吉带着"保你健"赶到现场。

"料如神"好像刚睡醒一般，慵懒地从地上站起来，它好奇地望着"超感应"。

"我怎么啦？""料如神"迷糊地问。

"你自己干了什么好事，难道不知道吗？"阿吉气冲冲地问，"你杀害了21个机器人，还当自己在做梦？"

"胡说！""料如神"摸摸自己的额头，"机器人是不会做梦的！"它不解地望着自己胸口上写着的"21"。

"料如神"被找到时已经忘了自己做过的事。这且不说，更让阿吉纳闷的是，"超感应"为什么会发了狂似的冲出去找"料如神"？阿吉把"超感应"身上携带的记录仪取下来，交给"保你健"。

"你拿着吧。"阿吉说，"回去好好研究研究。"

地球发烧了

常青市的海滨地区不少房子被淹没，人们被疏散到别的城市，也有人迁移到较高的山上去避难，关于"世界末日"的讨论越来越热烈。原因很明显，接二连三的灾难使得民众惊恐莫名。

气温不断上升，已高达45℃。空气中有时弥漫着海水蒸发后的水汽，有时又异常干燥，有时又会下起倾盆大雨，把原本闹过水灾的街道淹得更厉害。

世界各地的气象报告都指向同样的情况——温度不断升

高，沙漠化地区迅速扩大。

许多城市因为炎热而出现大火，森林也在连续不断地发生火灾。世界各地的难民数量迅速增加，而生产粮食的田地又因为洪涝或干旱无法充分供应粮食，饥饿、疾病到处蔓延。国与国之间原本紧张的形势一时间全放松了，人们的注意力都集中到了环境变化上，国际政治局势已无关紧要。当全人类面对共同的气候问题时，科学家与政治领袖都不分国籍，携手商讨大计。

在老百科的指挥下，设在常青市的科学发展部展开了各种各样的调查研究工作。UFO入侵之后已过了8天，整栋科学大楼里的仪器都在不停运转着。

阿吉坐在计算机屏幕前思考着，不知不觉又打起了瞌睡，脑海盘旋着许多神秘难解的问题。这时，他身边的扩音器传出了计算机柔和的声音：

> 根据天文学家的看法，太阳在50亿年后会膨胀成一个大火球，吞噬附近的水星、金星，而太阳外围的红热部分也会把地球烤成焦炭。当太阳的火焰收缩减弱时，地球上所有的生物也早已死亡，太阳冷却成白矮星，只残留蓝色火焰，最后会变成检测不到温度的黑矮星，那已经是500亿年以后了。

> 太阳中约有70%是太空中最简单也最丰富的物质——氢。每秒钟会有6亿吨氢转换成氦，因此每秒

钟太阳真正丧失的物质大约有500万吨。这500万吨
物质会转化成放射能，投射向太空，照耀地球。但
是，质量为地球33万倍的太阳，自地球诞生以来，
所消耗的质量不过占太阳总质量的1.5%。太阳还会
源源不断地给地球提供能量，人类大可不必担心太
阳有一天会停止照耀……

"不错，"阿吉一面听，一面喃喃自语，"太阳当然不
会停止照耀，当然不会……"他靠在椅背上，浑身火热。虽
然室内开了冷气，但为了节约能源，避免不必要的浪费，室
内的最低温度被控制在37℃。在他进入睡梦中后，许多幻象
纷至沓来。"H"形的UFO大编队、"料如神"的逃亡、
"超感应"的追踪、海水上涨淹没海滨街道、气候突变……
种种现实中发生的事情使他的梦中充满了奇形怪状、令人恐
惧的景象。最后他和珍珍手牵手无助地奔跑着，火热的太阳
当空照耀。他和珍珍口干舌燥，到处找水喝，却找不到，每
一个房子里的人都逃难去了。他们闯进一栋大楼，希望找到
能出水的水龙头，喝上几口止止渴。他随手打开一个房间的
门，只瞥了一眼，就吓得魂儿都没了：密密麻麻、数不清的
蟑螂像潮水般涌出来，包围了他的身体，让他无法睁开眼
睛。他的嘴巴里也塞满了蟑螂，鼻孔里有一股令人作呕的蟑
螂臭味，他几乎就要窒息了。突然，他一脚踩空，摔了个倒
栽葱，等他爬起来，蟑螂群早已不见。他发现墙壁间有一个

发亮的水龙头，心想这回能喝到水了吧！他扭开水龙头，里面赫然流出一条条蜈蚣，他惊叫一声，拉着珍珍拔腿就跑，冲出大门。头顶的太阳似一盆火热而赤红的岩浆，突然爆裂成碎片，从空中落下，把他全身埋住了。"热！热！热死啦！"阿吉哀号起来，不断挥动手脚，想要从炙热的岩浆中挣脱出来。

"阿吉！阿吉！"大雄摇醒了他。

阿吉睁开眼，蒙眬中，天花板上的灯光在闪烁，他真以为天上的太阳爆炸掉下来了。他捂着脸惊呼："我的妈呀！我不敢看！"

"你不敢看什么呀？"大雄摇着阿吉的肩膀。

"太……太……太阳……我的妈呀！"

阿吉好不容易清醒过来，浑身大汗淋漓，好像刚刚从水池里被捞起来，连头发也湿答答的。

"你做的梦真灵呀！"大雄兴奋地说。

"为什么这么说？"阿吉站起来，望向窗外，噩梦中的情景历历在目，让他心有余悸，不断用手揩汗。

"天文台来了报告，"大雄皱着眉头说，"说太阳的光度在增加，表面也有膨胀的现象。这不是好事。"

阿吉想起那些被杀害的机器人，它们的脑部记忆存储器曾经透露过，"料如神"对它们说"世界末日到了"。"料如神"的话可是疯话？"料如神"连续杀害21个机器人可是精神失常？不，不！也许"料如神"有道理。

阿吉转身朝大雄肩膀上拍了一下，说："对啦！去找'料如神'和'超感应'。"然后，他三脚两步地冲出去，奔向机密研究室。

最新式的机器人能够感知未来的事物，它们是地球人类科学家和超感应机器人合作的成果，据说"料如神"和"超感应"的透视能力和预知能力可以用在军事、政治、体育和各种犯罪侦查上面，这次它们两个机器人被找回来以后就一直在专家的看守下进行研究。

阿吉走进来，刚好看到老百科牵着一条狗从另一扇门走进来。

"'料如神'，"老百科尖着嗓门问，"你说，这条狗刚才吃了什么东西？"

"料如神"的眼神一下子亮起来，望着阿吉说："阿吉喝了一杯橘子水，至于老百科你的宝贝狗，并没有喝什么东西。"

"那么请你告诉我，"老百科用手抓了抓圆秃发亮的脑袋，"什么原因使你杀害了21个机器人？"

"你们已经问了我232次。""料如神"不耐烦地回答，"我也不知道为什么。"

"是不是真的跟世界末日有关？"阿吉问。

"也许吧！""料如神"眨了眨眼睛，伸手摸摸阿吉的脑袋，还把自己的下巴靠在阿吉的额头上，好像企图感知阿吉的心事。"料如神"突然冲口而出："你刚才做的梦……做的梦……"

"我做的梦怎么啦？"阿吉急忙问。

一旁的"超感应"说："阿吉梦见太阳掉下来了！"

阿吉的心像被突如其来的一支箭射中，他跳了起来，仿佛梦中的恐怖情景再一次出现在眼前：太阳在星群中带着八大行星不断地朝银河系中心旋转，突然飞快地演化，就像有些人加速衰老一般，那是……

"衰老症！"阿吉脱口而出，嚷着，"我知道了！也许太阳得了衰老症。所以……所以地球的气候才发生了大变化。所以我们都会……会完蛋！"

阿吉害怕了，他想回家去看看自己的爸爸妈妈，还有美丽的珍珍和她那条可爱的银毛狗。他不想再这样把时间浪费掉，如果世界末日就要来了，唯一能做的便是赶快和自己最亲近的人聚在一起，这是他的想法。往日他在科学发展部受到的训诫，比如保卫民众的生命财产，赴汤蹈火也在所不惜；比如遇到任何难题时，应该有大无畏的精神，保持清醒的神志，不为任何私情左右……此刻，都被远远地抛到脑后。

也许是被说中了心事，一时受到刺激，又或许是室内温度太高，加上长期的熬夜、劳累工作，阿吉再也受不了了，他失去了侦察队长应有的风度，不管三七二十一，急急忙忙地冲了出去。

"阿吉，站住！"老百科在后面追他。

"阿吉，回来！"大雄差不多要哭出来了，"你这样临阵脱逃，是要被处分的！"

“我到外面去透一口气！”阿吉说着，头也不回地继续跑。

珍珍失踪了

夜晚，满天的星星在天空闪烁着。虽然白天炎热的太阳已消失在黑暗中，但整个大地接收的热量此刻正似蒸笼的热气一般散发出来，令人难以忍受。不少人都睡在阳台上、路边、花园里、草地上，不管有没有铺草席或塑料布，在四十几摄氏度的高温里，只要没有阳光的照射、烘烤，就足够让人感到安慰了。

珍珍和银毛狗在天台上玩。她把一只发光的球丢过去，银毛狗便快速冲向前，跃起，用前肢准确地抱住球，非常开心。

“再来一次！”珍珍喊道。她把球抛得更高、更远。

银毛狗纵身跃起，也许因为冲力过猛，在它抓住球的一刹那，身体已越过天台的栏杆，眼看着就要连球一起滚落下去。

“哎呀！”珍珍惊叫一声，往栏杆那边冲过去。猛然间，她的脚被什么东西绊了一下，摔了一跤，扑倒在地上。

珍珍抬起头来，突然发现眼前天空大亮，有如大太阳挂在头顶上，让她无法睁开眼睛。一阵吱吱声传来，她感到无比的软弱、困倦、乏力，恍惚中她觉得自己的身子在飘浮、飘浮、旋转、旋转……

阿吉的车子赶到时，许多人正聚集在大楼下的街道上，对着天空指指点点、吵吵嚷嚷。

"怎么回事？"阿吉问。

"有个女孩不见了！"打赤膊的男人用双手在半空中画了一个圈，结结巴巴地说，"UFO来过，发光的UFO刚刚来过……女孩被带走了！"

"我看见UFO停在空中，"一个汗如雨下的壮汉迷惑地摇摇头说，"那个女孩本来在屋顶上，她……她就那样飞进UFO里，然后……然后消失了！"

"不好了！"另一个人惊惶地叫着，"是老百科教授的女儿！"

阿吉一听，赶紧下车冲到屋里。墙上的通信屏幕上是老百科忧愁的脸，看来他已经通过家里的计算机系统接到了通知。

"阿吉！"老百科的影像很清晰，好像他就在阿吉面前，"你相信真有这回事吗？他们说UFO掳走了我的女儿，还有银毛狗。我不相信，真有UFO吗？"

"我刚刚赶到，我也不知道，我要查查。老百科，请别慌！"

阿吉拨动手腕上的微型计算机表，小声问："给我有关UFO的最有力理论，并回答它们来自何处、为什么来，珍珍有没有可能被UFO掳走？"

微型计算机表的屏幕上很快出现一段文字：

假定存在于银河系的每100万个高等文明，每年都派出一艘宇宙飞船去探查其他星球，那么平均每10万年就会有一艘宇宙飞船经过地球。由此计算，自地球上有生命以来，外星人已经访问了地球至少1万次。这是美国的卡尔·萨根说的，他是著名的太空生物学家。至于其他问题，输入信息不足，无法回答。

阿吉急了，他忘了微型计算机表能够解答的问题有限，它只能回答一些简单的问题，而像"珍珍有没有可能被UFO掳走"这样的问题，必须输入大量的信息，才能加以判断、分析，再做结论。

阿吉在珍珍的房间里转了一圈，发现他和珍珍合拍的照片就挂在墙上，上面有珍珍写的字：

当我们21岁的时候，要向着更成熟的30岁启程。

阿吉灵光一闪，嚷道："21？对了，21世纪难道就是人类的末日？"他的声音疑惑而悲哀："珍珍也许是感应到了外星人的信号而写下了这句话吧！"转念一想，也许只是巧合。

几分钟以后，科学发展部的直升机降落在天台上，从里面走出弯腰驼背的老百科和机器人"超感应"。

老百科的两条眉毛像打了结，眼神中透着焦急和无奈，使阿吉不敢与他说话。阿吉只是望着墙上的照片发呆。

"你以为珍珍能从照片里走出来吗？"老百科带着讽刺的语调问，"你光对着照片发呆有什么用？"

"不是，"阿吉从恍惚中回过神来，"我在想21是不是代表21世纪。现在是2023年，也许到了2040年，就是人类灭亡的时候……"

"你在说什么鬼话？"老百科气得瞪圆了眼睛，脸孔像是在冒烟，"我不相信UFO！"

"超感应"在阿吉的手肘上捏了捏，全神贯注地探测阿吉的感觉。老百科感到好奇，便站在一边观看，忍住不说话。阿吉心里挂念着珍珍，却也不满老百科刚才对他的态度。作为一名科学发展部的工作人员，阿吉有足够的自信不盲从，有自己的主见，此刻他急得有如热锅上的蚂蚁。

"阿吉，""超感应"说，"你的心在飘……"

"飘到哪儿去？"老百科跺了一下脚，额头上发亮的汗珠跟着坠下来。他叹了口气说："阿吉，你快想办法把我女儿找回来！"

"遵命！"阿吉立正，向老百科举手行了个军礼，然后带着"超感应"快速地离开了。

在人们发现UFO的踪迹之后，常青市郊外的无线电天文观测所里，工作人员正不断地忙碌着。此刻，所长面对来自银河中某个星座的信号，感到万分奇怪——那种有规律的脉动显然是智慧生物发出来的：哔，哔哔，哔哔哔，哔哔哔哔哔，哔哔哔哔哔哔……

阿吉赶到时，所长的脸色很难看。因为天气炎热，温度调节系统又突然发生故障，所长用一台从仓库拿出来的旧风扇吹风，空气中隐约有一股令人不适的霉味。

"发现什么了吗？"阿吉急忙问。

"你自己看！"所长兴奋而又慌张地说。

刚才"哔哔哔"的声音已全部被计算机记录下来，并转换成图形：

…………… …………… …………

"啊！"阿吉抓住所长的肩膀，仿佛外星人就在眼前。任何一个受过科学训练的人都知道这个图形代表的意义是什么。

"现在你明白了吧，"所长紧绷着脸说，"外星人终于留下了证据，他们确实想要与我们联系。"

"这是质数。""超感应"望着计算机上的图形说，"宇宙间的通用语言就是数学，1、2、3、5、7、11、13……是质数。他们想跟我们联系，可为什么不大大方方地出现呢？"

所长继续敲键盘，计算机屏幕上显示出更详细的数据：

这是从15光年远的艾普西隆星发送来的信息。使用的氢原子的光谱线波长是21厘米，频率是1420兆赫。通常，由银河系及地球大气层传来的电波杂音在100兆赫到10000兆赫之间，但在银河系中，氢原子放出的1420兆赫电波是最容易接收到的电波，所以这很可能是外星智慧生物用作通信的频率。

"21？对了！"阿吉如梦初醒，"我找到答案了！"他拉着"超感应"的手，从无线电天文观测所的大楼跑出来，嘴里不断重复嚷着："我找到了！"仿佛自己就是阿基米德再世。

"你找到什么了？"老百科通过无线电问他。

阿吉正要发动车子回科学发展部，听到老百科的询问，他更加兴奋地说："我找到谜底了，外星人有话要对我们说……"

"糊涂蛋！"老百科生气地骂起来，"你真相信有UFO啊！我还以为你找到珍珍了。"

阿吉开动车子，看见马路边的草地上躺着一堆堆的人。有一个光着膀子的少年在路灯下边跳舞边吹奏口琴，引来一群小孩子跟着在旁边打拍子、跳舞。这情景使阿吉想起小时候与珍珍在一起玩耍的快乐时光，令他感慨。

"21的意思就是……"阿吉开了冷气，让自己火热的身体快点冷却下来，否则他坐在车里简直要热得爆炸了。他慢条斯理地继续说："21世纪是危险的时代，世界有了危机，外星人使用氢原子的波长21厘米的无线电与我们通信。氢以字母H表示，所以外星人将UFO排列成H形，用1420兆赫的调频来收听外星人的指示错不了。"

"你满脑子UFO、外星人，真是完了！"老百科暴跳如雷，"如果真有外星人，你快去求外星人解决地球上的问题，让外星人来见我！"

"老百科，你听我说！"阿吉连忙说，"我是按照逻辑去推论的……"

"胡说！"老百科吼声如雷鸣，"科学讲究证据，捕风捉影的事最好别干，你有本事就拿出证据来！"

"珍珍的失踪不就是证据？"阿吉正开着车，一个衣衫不整的男子歪歪扭扭地走着，丢了一个可口可乐的空罐子过来，击中车窗，喃喃地说："世界……末日……到了……还不快……及时行乐……"

枯萎的树林里，许多人正唱着歌。突然，树的间隙里出现了火光，阿吉探头一看，不得了，树林起火了！唱歌的声音也变了，成了仓皇逃跑的惊呼声。在这万分干燥的时节，任何地方随时都有可能发生火灾，而且很难迅速扑灭，只能眼看着它不停地燃烧……

"老百科，"阿吉沮丧极了，感慨地说，"我会想办法找出证据来的。"

"这才像话！"老百科的声音沉重而严肃，"你还是到珍珍常去的地方找找吧，不要相信人家胡扯，说什么UFO把她捉去了。"

"是的，老百科。"阿吉沙哑的声音连自己都感到陌生。他开着车子到处晃，一时没法决定该朝哪个方向开。

"往清水河边去吧！""超感应"替他出了主意。

阿吉扭开车上的计算机记录信号。他开车驶向清水河边，果然听到信号中有"哗，哗哗，哗哗哗，哗哗哗哗哗……"的声音，这是智慧生物传来的数学符号，这一点毫无疑问。问题是，它也许是来自地球的大气层之内，而不是从外层空间发来的。他正想着，"超感应"突然摸着他的头，发起抖来，像是感觉到了有非比寻常的事发生，既兴奋又惊慌。

他开着车子往下坡走，突然一个急转弯，为了闪避前面的障碍物，撞到了一棵树上。阿吉的头往车窗撞去，一阵天旋地转，他下意识想到刚才"超感应"的失常举动，大概就是因为它预感到即将发生不幸吧！可惜"超感应"感知得太晚了！

狂热的环保分子

阿吉全身酸痛，眼皮异常沉重，手脚、关节、肌肉好像都不属于他了。他勉强睁开眼睛，一个模糊的人影走过来，说："米阿吉醒了。"

"醒来就该好好问他！"另一个人影说。

阿吉费了好大的劲才完全睁开眼睛，面前的一男一女目光严厉，表情严肃，女的还戴了帽子。

阿吉从床上坐起来，全身沉重而无力。现在他看清楚了，男的是保护自然生态运动委员会的总干事孙大光，他经常出现在电视屏幕上。每当某个地区有污染问题，或是发生了自然生态遭受破坏的事，孙大光便会出来曝光。女的叫白美丽，因为她的父母曾经在出事的核电厂工作，所以她出生时面貌怪异，后脑勺与一般人不同，有点儿像赘肉，这些赘肉没有什么作用，不能呼吸，也不能吃东西。白美丽的父母后来加入了反核能组织，希望以自身的遭遇要求当局禁止再建造核电厂。在白美丽的父母先后罹患癌症去世以后，白美丽也愤怒地站出来，组织了反核能联盟。她和孙大光"一唱一和"，成为环保运动的领导者，具有相当的知名度。

"我怎么会在这里？"阿吉浑身大汗淋漓，隐约闻到空气中有一股焦臭味。

"你想去找你的朋友珍珍吗？"孙大光问。

"你怎么知道？"

白美丽的手指了指一旁的"超感应"，此刻"超感应"已成了一台普通的机器，一动不动地站在那儿。大概是刚才"超感应"把阿吉心中的话都说出来了。

"不过，我们可不会轻易相信。"白美丽故意把头转过去，用后脑勺对着他，再把帽子脱下来，露出丑陋而诡异的赘肉。

阿吉大吃一惊,掩住嘴,差点没叫出声来。以前他在电视上看到过她,她总是把帽子反着戴,把后脑勺遮起来。现在她故意把后脑勺对着他,让他感到非常震惊。

"你们科学发展部到底在搞什么名堂?"白美丽转过身,把脸对着他,凶巴巴地问,"你们想把地球搞垮吗?现在全球气候反常,自然灾害频发,人们呼天抢地,你们科学发展部难道麻木不仁吗?还谎称没有在搞核能研发?为什么不快想办法医治好生病的地球?你们眼看着地球快完蛋了,于是假借外星人、UFO来警告大家……"

"你在说什么?"阿吉满头雾水,"白小姐,我们并没有做出什么对不起民众的事呀!"

"你还在装蒜!"白美丽瞪着杏眼,加大了声量,"我不相信你在找珍珍,是我们在找珍珍。"

"你们?"阿吉的脸颊一阵火热,觉得眼前这两个人怪异得离谱。

"不错。"孙大光的眼珠转了几下,怀疑的目光直对着阿吉,"外面传说是UFO把珍珍掳走了,我们不信。这是科学发展部放出来的谣言,是鬼话!"

"我糊涂了。"阿吉直摇头,脑袋里似乎装了好多杂七杂八的东西,随时都会爆开来,"珍珍被UFO掳走了,你们不相信,老百科也不相信,这可真奇怪呀!你们找珍珍干什么?她跟你们又有什么关系?"

"废话少说!"孙大光脾气发作,握着拳头在阿吉面前挥了挥，"我带你去看看，你就知道我们讲的话是什么意思了。"

阿吉望望站在旁边一动不动的"超感应"，也许它能帮点什么忙，帮他摆脱这两个人。但当他按动"超感应"背上的开关时，才发现"超感应"的能源系统已遭去除，"超感应"只剩下一个机器壳子了。阿吉觉得自己惹上麻烦了，甚至有生命危险。这两个人说不定会耍什么花招，让他难以应付。

"你们找珍珍到底要干什么？找我来又想干什么？"阿吉忍不住问道。

"很简单。"孙大光的手搭在阿吉的肩膀上，有力而沉重，"找珍珍，是为了证实科学发展部在搞鬼；找你嘛——因为找不到她，所以找你。"

"呵呵呵……"白美丽笑着。

孙大光跟着放声笑。一时间，阿吉也感到滑稽而荒谬，好像最近发生的所有事都很可笑。他也忍不住笑起来，心里充满苦涩与谜团。

"抱歉，"孙大光说，"我们要是不动点手脚，是找不到你也请不动你的。你的车子坏了，你自己想办法修吧。反正你们科学发展部有的是钱！"

每个人的脸上都挂着豆大的汗珠，空气也因为温度升高而蒸腾。阿吉被一个机器人用一把麻醉枪押着，走向前面的楼梯，进入天台。热气从四面八方袭来，他头晕目眩，体内燃烧着熊熊的火。如果前面有一条河，他会毫不犹豫地纵身跳下，以求个凉快。珍珍和她的银毛狗也许就在他要去的地方，这样想着，难过的心情稍稍得到了缓解。

"上直升机。"孙大光在旁边嚷道，拉着阿吉走向停在天台上的直升机。

阿吉伸出左手，发现手腕上的微型计算机表不翼而飞，他更加觉得身边的人对他不怀好意。他只能听天由命，默想着UFO出现时排列的"H"形与神秘的数字"21"。也许外星人其实只是人类。

"你以为你们骗得了我们？"上了直升机，孙大光又说，"你们科学发展部呀……到处发展科技，发展工业，把地球弄得乱七八糟，现在就说是什么UFO来了，又说太阳的温度突然升高，太阳在膨胀……所以地球的温度升高了，你们全然没有想到，这是——科技过度发展的后果……地球发烧了，你知道吗？"

孙大光的嗓门大，讲起话来粗声粗气，如同戴了扩音器。他一边说话，一边不断用他的大手掌猛拍阿吉的肩膀，仿佛要把他的每句话都压在阿吉身上，让阿吉牢牢记住。

"地球发烧了！你知道是谁的罪过吗？"白美丽说着，把她畸形的后脑勺对着阿吉。

阿吉的胸口一阵发紧，胃里翻腾着。他不敢正视那张"脸"，别过头去，看着都市高楼的窗外无数灯光闪耀。

"你自己听听看吧！你们科学界在胡说八道些什么！"孙大光把飞机上的收音机扭开，调到新闻频道。

记者正以低沉而严肃的声音在无线电中说：

本台消息，由于全世界都在遭受可怕的自然灾害，联合国授权组织的科学发展部正在谋划对策。根据最新资料，造成目前全球性酷热的原因主要有两个：

第一是温室效应。自20世纪50年代后半期起，煤炭与石油燃烧产生的二氧化碳已在大气中增加了10%，二氧化碳抑制了地球散热，因此地球的平均温度不断上升，南极、北极冰山也有部分融化的现象。

第二是太阳的死亡正加速到来。"超感应"探测结果及所谓UFO的出现都给这一推测提供了证据，而且科学发展部的研究报告也指出，太阳的表面温度确实在上升。下面我们请科学发展部的主任罗百科博士为我们讲几句话。

"罗主任，您好，请您说说最近发生的UFO事件跟我们世界的危机有没有关系。"

"我不相信有UFO存在。那是鬼话！一派胡言！我也不相信我女儿是被UFO掳走了。"

"那是目击者看错了吗？那是一种幻象吗？"

"有人故意制造出来的，想让民众误会！"

"到底是谁？有什么用意？"

"一些狂热的环保主义者，他们想借机制造恐怖气氛，妨碍科学发展部从事的核聚变实验工作，他们是……唉！他们又笨又坏，才会不断扰乱我们的工作，甚至抓走我女儿。"

阿吉抬头望望孙大光和白美丽，他们汗湿的脸挤出不安的皱纹，显得十分愤怒。孙大光握紧拳头，在空中挥舞，咒骂着："他疯了吧？我们怎么会绑架他女儿呢！"

孙大光正要伸手关掉收音机，白美丽阻止了他："慢着，事有蹊跷。这里面一定有原因，听听他怎么说。"

"罗主任，您怎么这样说？他们也是为了保护环境啊！"

"我也许太激动了，但他们不应该抓我女儿！他们应该了解，核聚变能制造'人造太阳'，是解决地球能源污染问题的最后法宝。核聚变与核裂变不同，核聚变的燃料是海水里一种叫氘的元素，它是氢元素的同位素……太阳给我们光和热靠的就是这种没有污染的核聚变，因此才能够维持几十亿年之久。按道理太阳还可以再燃烧50亿到100亿年，最近却不知为什么……"

"请问罗主任，最近UFO排列成'H'形出现，是对人类的一种暗示吗？'H'代表氢吧？太阳的氢是不是快要用完了，地球快完了？是这样吗？"

"这是世界环保联盟的狂热分子搞出来的把戏，他们危言耸听！那些UFO是他们制造出来的假象，它们可能是发光的气球，最后被枪射破，便消失了。就是这么简单，他们的目的是阻止科学发展部进行核聚变实验。他们完全不了解核聚变的意义，不了解石油、天然气和煤不是永远用不完的，天然铀也会用尽。他们不了解核聚变电厂就是'人造太阳'，是绝对没有污染的。"

　　"有一种情况……"

也许因为天热，广播记者干咳起来，有如连珠炮的声音就此打住。他好不容易才挣扎着把话说清楚。

　　"罗主任，您可能没有考虑到，是核聚变电厂制造的高温影响了天气。据我们所知，核聚变需要的温度为1亿度以上（这样高的温度，摄氏或华氏已经没有差别）。一些证据表明，地球上的气候变化、气温升高，就是科学发展部做了各种实验造成的。罗主任，有传言说……你们做的核聚变实验失败了，造成整个地球的危机，您能不能对此发表一点意见？"

　　"这完全没有根据！要拿出证据来！"老百科声调变了，显得愤怒激动，"这是对科学发展部的诬蔑，实在太可怕、太无聊了！"

孙大光把收音机关掉，两眼射出如烈焰般的凶光，让阿吉好生害怕。孙大光说："你相信你们老百科说的话吗？我们抓了他女儿？"

　　阿吉沉默不语，直升机内的温度很高，他感到自己有如烤箱内的一块肉，热得头昏眼花，不想浪费力气与对方争辩。他想：科学发展部当局和环保狂热分子都指责对方利用UFO事件渲染世界危机，这里面有没有误会呢？也许UFO是真的！UFO警告的世界危机是真的，珍珍被UFO抓走也是真的。也许外星人早已发现了地球的危机，所以设法向地球发信号，以拯救地球。但是UFO和外星人为什么不公开露面呢？许久以来，人们认为地球上的人类创造的文明还相当幼稚，正在不断地进化演变，外星人为了不干涉地球人，尽量用最温和的方式提出警告，以便在灾难来临时，地球人能够有所警觉。那么，现在也许真的是地球出现危机，面临生死存亡的关头了。

　　直升机飞过许多漆黑的楼房。阿吉探头看窗外的大地，那是被蹂躏的、干枯的、黑漆漆的城市，像是被大火焚毁了。在这里到处发生灾变的时候，所有活着的人都受到了死亡的威胁。

　　"这个城市像是蒸发了！"白美丽感叹道，忽而转头对着阿吉骂道，"还不是你们的错？多少人因为自然灾害而流离失所？"

　　阿吉的难过又加深了一层，他不知道科学发展部到底有没有做什么秘密实验危害了环境。如果真有其事，那实在缺德极了。

甘如饴博士

直升机终于在山区的一处隐秘地点降落，一个打着手电筒的高个子男人在外面挥手。阿吉跟着孙大光和白美丽走出去，一个面无表情的机器人紧随在后。

他们进入地底洞穴，七弯八拐，总算到了一座明亮的厂房里。只见里面聚集着许许多多面目模糊的畸形人，用乞怜的眼光看向他。阿吉心慌意乱，不由得问："到底怎么回事？你们把我带到这儿来干什么？"

畸形人唱出悲伤的歌，随着韵律，如波浪般摇摆。

"这些是在核电厂事故中幸存的人，有的躲在这里面一直没有出来。"孙大光说，"这就是活生生的例子，你能否认吗？"

阿吉结结巴巴地说不出话来。他随着他们继续深入洞穴，跨进一扇巨大的拱门，发现里面竟是一片鸟语花香的世外桃源。这里空气清新，岩洞里栽培着草木，欣欣向荣，流水在石头的缝隙间潺潺不息，鱼在清澈的池水中悠然自得，壁间的水雾似的薄片透出了柔和的灯光。他一回头，看见刚才那些唱歌的畸形人也跟着进来了。

"这里是避难所，"白美丽把她的白色帽子摘下来，吁了一口气说，"是苦难人建造的避难所，不是科学发展部管得了的地方。这里完全与外界隔绝，不过还有阳光。"

"这就是'太空生物圈'啊！"阿吉恍然大悟。科学发展部也曾经在沙漠地区的高原上建过几座"太空生物圈"，里面的动物、植物等生态系统完全是密闭的，循环利用，人和动物呼出的二氧化碳由植物吸收，植物吐出氧气供人和动物呼吸。人和动物的排泄物可用作农作物的肥料或供给海藻、细菌以及水中生物食用，而这些水中生物又可供鱼食用。万一核战争爆发，地面环境便不适合人居住，这里就可以做避难之用。同时，这样的工程系统也可以用作移民月球或火星演习。

阿吉被带到一个有着各种仪器和电子设备的房间，一个头发全白、脸色红润、面貌和蔼的老人坐在计算机屏幕前望着他。老人站起来，向阿吉伸出手，阿吉愣了愣，也伸出手与他相握。

"抱歉，"白发老人挤出满脸的笑容，说，"把你请到这里来实在是不得已。我是罗百科的老同学、老朋友，叫甘如饴，我的父母要我对恶劣的环境逆来顺受，所以给我取了这样的名字，呵呵……就是要我甘之如饴啦！"

阿吉一时忍不住，笑了起来，问："请问甘博士，既然您什么都甘之如饴，怎么会躲在这里，享受这么好的环境？"

甘如饴一下子变了脸色，显然阿吉的话惹怒了他。

"你自己看看你们把地球搞成什么样子。地球发烧了，到底是谁的责任？"甘如饴指责说。

"这……这不能完全怪罪科学发展部！"阿吉畏惧地望着甘如饴博士，申辩道，"科学发展部是为了改善人类的生活才成立的……"

"但是科学发展部所做的实验危害了环境。比如他们的核聚变计划失败了，为了掩人耳目，说天气突然变热是因为温室效应，是太阳突然膨胀……世界末日快来了！你们还假借UFO来唬人……这是诡计！"

"啊！怎么会这样呢？"阿吉苦恼地摇摇头，咬着牙，恨不得赶快拿出证据，证明UFO的出现完全出乎科学发展部的意料。他重重地跺脚，说："甘博士，我愿意赌上我的生命，请您给我证明的机会。"

"证明什么？"

"证明科学发展部的实验不是在危害环境，UFO的出现跟科学发展部无关，您大概还不知道罗百科的女儿罗珍珍失踪了，外面传说是被UFO掳走的。罗百科说是你们搞的鬼。"

"这是鬼话！这是罗百科自己搞出来的苦肉计。罗百科一向诡计多端，我太了解他了。"

阿吉急得跳脚，热血直往头上冲。他恨不得自己赶快驾着直升机去寻找UFO的踪迹，恨不得老百科与甘如饴能够对质。但转念一想，UFO会不会真是老百科搞出来的把戏？故意把自己女儿抓走，借机指责世界环保联盟？如果真是这样，那不是太戏剧化了吗？会不会是世界环保联盟做出来的，却又故意指责科学发展部？那么他们的目的又是什么呢？不，不可能的！如果UFO和外星人的信息都是假的，那么又有多少人跟着作假呢？天文台、无线电天文观测所，还有一大群目击者。目击者可能受骗了，但其他科学单位不可能造假，所以UFO可能是真的。至于珍珍的失踪，还有待查证。

阿吉正在思索种种前因后果，甘如饴用手触摸了一下桌面上的仪表板，墙壁间的巨大屏幕上立刻出现了地球上空人造卫星运行的景象，好多飘浮的圆筒形物体如星群般在太空中反射着阳光，白亮而刺眼。

"你知道这是什么东西吗？"甘如饴问。

"不知道，"阿吉摇摇头，忽然想起了什么，又说，"这是太空废料吧？运行在太空轨道的各种废弃物，都是以前发射人造卫星、火箭、宇宙飞船时丢下的东西。"

"你是随便说说吧？"甘如饴博士头上的白发几乎一下子竖了起来，他的两眼冒出了红色的火焰，"你想不到是什么东西吧？"

阿吉摇摇头，他的心在怦怦跳。

"告诉你，这不是一般的废料，而是核废料。这些废料原是要运往月球贮存的，因为发生意外，所以散落在地球上空。这就是科学发展部干的好事，他们不负责任，任由核废料飘浮在地球上空。我这里有一段纪录片，你可以看看他们失败的经过。他们当初使用核电厂，造成海洋污染、破坏海洋生态环境，还有几座核电厂发生事故，有人遭到辐射，生下的孩子都是畸形的，现在科学发展部却置之不理，我们可要管一管……"甘如饴咬着牙，脸上的肌肉扭曲着，显得很愤怒。

屏幕上出现核电厂出事后的惨状。许多遭到辐射的人，头发大把大把地脱落，皮肤出现紫斑，伤口腐烂而无法愈合。发生事故的核电厂周围成了不毛之地，荒凉而恐怖，偶尔有飞鸟掠过光秃的树枝上空，却又疾飞而去，不敢多加逗留。

"甘博士，"阿吉眼中流露出惶恐之色，"您想怎么样呢？科学实验由于疏忽造成意外是难免的，但其目的是造福人类……"

"你在发表演讲吗？"甘如饴挥手阻止阿吉说下去，转过身来，严肃地对着阿吉说，"现在我们要派给你一项任务。"

"我？"阿吉惊讶地看着甘如饴，"我能为你们做什么？"

"很简单，我知道你受过航天训练，我们要求你以实际行动解决地球上空的核废料问题，由世界环保联盟支持的太空专家已经设计好一套捕捞系统，要把那些核废料收回，集中起来再向太阳投射……"

"丢到太阳那里去？"

"不错，让太阳的高温彻底处理掉核废料。这次行动中还有一项探测计划，就是在处理核废料的同时，将一台太阳温度探测器射入太阳，以便真正了解太阳的温度变化情况……"

"你们要我到太阳里面去？"阿吉问。

"你别慌，"甘如饴苦着脸对他说，"这本来就是科学发展部应该做的工作，因为当局一直不希望有人知道地球上空有核废料的事。他们对核聚变实验失败的事非常保密，就算你是科学发展部的一员，你也不知道他们的机密。"

阿吉不由得有些相信了。也许是老百科故意把珍珍藏了起来，利用UFO绑架珍珍的事，与环保联盟交战，目的就是打击对方，不让对方的势力壮大，以免科学发展部的计划受阻。科学发展部要想联合其他科学单位说谎，伪造有关UFO、外星人的现象或记录报告等，应该是能办到的，但问题在于：科学发展部有必要这样做吗？他们真会这么无聊吗？科学发展部的目标本来是造福人类，怎么可能卷入这种斗争的旋涡呢？怎么会这样卑鄙呢？阿吉思绪纷乱，但理智仍在，使他在恍惚与迷惑中仍然保持冷静。他只能猜想是环保联盟的人想法过于激进，因而与科学发展部对立，处处发生冲突。

他被送入一个黑暗的房间里，独自在那儿坐着。室内温度不断升高，他感到有如置身烤箱一般难受。他脱下上衣，以发散蒸腾的热气。他很渴，五脏六腑像是要被灼伤了。他张口喘气，呼吸声连他自己都觉得急促难听。他脑袋昏昏沉沉的，有如突然胀大了许多倍的气球，随时都会爆开。

"阿吉……"计算机柔和的声音在呼唤他，"你现在感受到的……就是……普通人所感受到的……整个地球已经在水深火热之中，需要……你的拯救！你考虑好了吗？"

阿吉没有回答。黑暗中，他眼前出现了许多幻影，珍珍微笑的脸忽而飘在前方，忽而躲得远远的，忽而上上下下如鬼魅般转动，让他涌起无限伤感，不禁悲从中来。

"不，"阿吉几乎哭着说，他强忍住内心的不安，"我……不能答应你们的要求……我无法相信你们所说的一切……"

他的手碰到一个冰冷的小东西，灯光突然大亮。

一个机器人站在他面前，手里拿着一枚耀眼的戒指，对他说："你拿去吧，看看这枚戒指是谁的。"

阿吉拿来一看，戒指上面有梅花形的花纹和雕饰，白金的内环上清楚地刻着一个"珍"字，这无疑是那天他与珍珍去郊游时弄丢的戒指。

"你们怎么会找到这枚戒指？"阿吉问。

"在河边找到的。"机器人说，"我们一直在跟踪你们，但是没想到事情会变得这么糟糕，珍珍失踪了。"

"阿吉……"计算机温和平静的声音传来，"如果你想通了，就……拿出你的毅力开始行动吧。"

阿吉把戒指戴到自己的左手小指上，心想：也许环保联盟的人真的抓走了珍珍，那么为了珍珍的安全着想，只好硬着头皮答应了。

"我听你们的。"阿吉委屈地说。

房间的拱门被打开，孙大光、白美丽和甘如饴博士走进来，纷纷伸手与他握手致意。

飞向太空

由世界环保联盟支持建立的太空中心终于发射了一架巨型航天飞机，目的是在太空中与卫星站会合，收回在轨道中飘浮的核废料，并探测太阳温度，调查地球上的危机是否来自太阳。

科学发展部的官员在获悉环保联盟采取激进行动之后，终于发表了一则紧急声明，并通过全世界的卫星广播系统发送出去：

各位亲爱的地球同胞：

地球已到了生死存亡的关头，因为地球的平均温度不断升高，沿海地区的房屋、街道都难逃被海水淹没的命运。如果我们再不设法拯救地球，最后南北两极的冰山将全部融化，海平面将比现在最少要高出50米，全世界各大沿海城市的大楼都将泡在水底。当然，要真是因为太阳的加速衰老造成气候突变的话，不等海平面上升，恐怕所有的生物和大楼都早已消失了。

科学发展部不否认曾经在核废料运送过程中有过失误，这些核废料迄今仍飘浮在太空轨道中，但是为了全力进行一项拯救地球的计划，我们没有时间来处理有关核废料的清运工作。实际上，人类目前的危机并不来自地球的近太空，而可能来自地球的生命之母——太阳。如果太阳即将死亡，地球有什么办法能逃脱死亡的命运呢？

环保联盟多年以来一直与科学发展部大唱反调，认为所有的科学实验都会造成环境污染和环境恶化，这是一厢情愿的指摘。现在他们借用了我们的人员米阿吉，自己派遣宇宙飞船进行核废料清运，并且要直接探测太阳。站在整个人类的角度，我们向他们表示十二万分的敬意与谢意，希望他们的努力尽快得到回报。

我们必须认清当前的处境，如果能进一步证明太阳在短期内会迅速膨胀、衰变、死亡，那么全人类必须离开地球，移民火星或木星的卫星。但这只是一时的避难方案，太阳一死，整个太阳系的行星也就跟着死了。人类要想活下来，唯一的办法是制造大型宇宙飞船离开太阳系，移民到其他恒星系的行星上。

地球同胞们，在这万分危急的时刻，我们只能冷静、满怀希望地期待科学技术有一次大突破，引导全人类渡过这次难关。我们都是同乘一艘宇宙飞船的人，不要互相指责、攻击，否则只会加速人类的灭亡。

地球同胞们，请与我们合作，我们将随时告诉各位最有效的避难方式。目前只有请沿海低地地区的人尽量往高处疏散，酷热难熬的地区不宜居住，可以的话尽量在山区开凿山洞，暂时过穴居生活。至于有饥荒或生活极端困难的地区，联合国已组成救难委员会前往协助……

这时，阿吉驾驶的"无畏号"宇宙飞船正沿着地球上空的轨道巡行。他已经疲惫得在控制室打起盹来，飞船的引擎在运转时会造成舱壁轻微的振动。养育着几十亿人口的地球有如蓝色而朦胧的巨球，出现在窗外的太空里。浮光掠影中，阿吉听到从科学发展部传来的广播，开始烦躁不安。他呼叫环保联盟的太空中心，听见甘如饴博士从遥远的地面传来了话："太阳闪焰有增强的趋势，注意保护自己和航天员，必要的时候用机器人代你执行最后的任务。"

阿吉的身体飘浮着，在无重力状态下，他有如在水里游泳，轻快无比。他受过的科学训练告诉他：从太阳射出的除了太阳深处的常态辐射流及充满日冕粒子的太阳风，还有造成太阳闪焰的微粒子；这些闪焰是密度较高的太阳内部进行核反应时向外冲出来的，它会使太阳风产生波动，引起地球电离层的变化，并干扰地球上的无线电通信。

阿吉和他的助手从窗口看到，那些飘浮在太空中的圆筒形核废料在太阳光的照射下发出明亮的光。几分钟后，他在无线电中听到一个熟悉的声音传来："喂！喂！这里是科学发展部太空中心，'无畏号'请回答！"

"科学发展部？啊！怎么会呢？我是阿吉，你是老百科吗？"

"我就是老百科！"那个声音急促而紧张，"听着，根据侦测卫星的报告，太阳的闪焰在不断加强……环保联盟为了保证你们的安全，特别要求我们科学发展部协助这次任务，由我们的太空中心进行指挥……"

"知道了，老百科！"阿吉兴奋得一颗心要跳出来了，忙问，"珍珍怎么样了？有消息没有？"

"没有消息，"老百科伤感地叹了一口气，说，"希望不是环保联盟搞的鬼。"

阿吉伸出左手，对着摄影机的镜头，让画面传回去，说："珍珍的戒指还在我这里，不知道她人在哪里。"

电视屏幕上出现老百科无可奈何的脸。他的嘴唇翕动着，叹了口气，说："不提也罢，反正现在这个世界上多的是受苦受难的人。我们工作的时候，还是谈正事吧。"

阿吉自觉在太空中执行任务比在地面上舒适多了，不会有天气炎热的烦恼，但在无重力环境下也有不便之处。像刚才他只是伸出一根手指，整个身体就飘了过去，撞上了一个计量器和开关。吃的东西都是粉状的，必须把水注入塑料袋里，使它变成糊状，才能用吸管食用。刚才另一位航天员打开铝箔包，想把里面的肉取出来，结果肉汁飘散到了周围的空气中。

他们10个机器人、3个航天员和5架小型喷射飞行艇在太空中足足工作了十几个小时才成功收回飘浮在太空中的核废料。

无线电通信受太阳黑子密集活动的影响，中断了很长一段时间，重新接通时信号仍时断时续。不过有几句老百科传来的清楚的话让阿吉感到特别安慰："太阳黑子活动过于活跃，造成了严重的磁暴现象，辐射量也增加了，所以'无畏号'的最后任务由机器人接替完成。"

通常太阳黑子以每11年为周期活动，现在情况却很紊乱。来自太阳的辐射可怕地增强着，而根据太空站的观测，太阳闪焰也强烈无比。"无畏号"载着的货舱将脱离母体，接下来机器人将点燃准备射向太阳的火箭，让它带着货舱勇猛地奔向太阳。最后运载核废料的货舱将钻入太阳，被太阳销毁。当初科学发展部之所以不这样做，就是考虑到运载的费用过高，所以决定将核废料运往月球掩埋。鉴于月球也是未来人类打算建设的星球之一，世界环保联盟为了一劳永逸，决定将这些散落于太空轨道的核废料投向太阳，顺便对太阳做一次无人探测。

"无畏号"继续在地球上空巡行着。现在阿吉听到世界环保联盟的甘如饴以无奈的口吻发表讲话：

根据我们派遣的飞船的初步探测，太阳确实存在变异的现象。太阳赤道上的自转速度原来是每秒2000米，现已增加到每秒5000米。而接近太阳黑子的白光耀斑持续时间已从往常的1小时增加到10小时以上，速度超过每秒1300千米，高度竟有1.5万千米，对游离层和地球上的磁场造成了影响。

各位地球同胞，世界环保联盟本来不相信科学发展部的调查报告，因为他们过去危害环境，而且对某些事件的处理方式实在无法令人满意，甚至想隐瞒自己的所作所为。但现在我们已经发觉，太阳的变异将给地球带来致命的危机，所以环保联盟已到了必须和科学发展部携手合作的时候。但是，我个人对于科学发展部主任罗百科的指控感到愤怒，他一直认为是我们绑架了他的女儿罗珍珍，但我始终认为，这是他故布疑阵，借此破坏环保联盟的形象。这是我个人无法谅解的。在其他方面，基于我们正面临全球性的危机，我们已经加快脚步，共同合作，致力于开展拯救工作……

信号再度中断。"无畏号"遭受突如其来的震荡，船舱附近几团亮光闪电似的掠过，又消失在漆黑的太空中。阿吉正在解手，他蹲在舱口的一边，提着一个塑料袋，然而船舱的震动使他排出来的东西没有准确地进入塑料袋，反而飘了起来。他费了好大的劲才把排泄物装进袋子，还不小心打破了一个玻璃计量器，使得一些玻璃微粒飘浮在空中。如果玻璃微粒飘入其他船舱就危险了，那样会损坏很多机械和仪器。阿吉急忙使用胶纸吸附那些微粒，在无重力环境里，这种胶纸是相当重要的。

窗外面的闪光不停出现，一阵一阵地掠过。计算机的声音温柔地响起：

> 80%的太空飞行都碰到过这种闪光……一般认为，它是人类眼球里的高能微粒在视网膜上或大脑里发生撞击的结果，也有人认为那是宇宙之光。有时，它亮得有如相机的镁光灯……但是，不必害怕，这只是自然现象。

阿吉心里本来并不怎么在意，但计算机一提醒，他反倒不安起来。他想起在地球上发现的UFO、失踪的珍珍和世界末日的传说。他操作机件，更换那些装有锂和氢氧化物的筒子，以保持氧气的纯度。正准备上床睡觉时，他听到地面控制中心的呼叫："撒哈拉沙漠地区发现大群UFO，注意！撒哈拉沙漠地区发现大群UFO！请赶快利用成像雷达追踪拍摄。"

"您是老百科吗？"阿吉高兴地喊道。

"不错，我就是。"

"您怎么会相信有UFO呢？"

"先查清楚再说。我还是不信，但是各地传来的报告不能不理会。环保联盟的人也不信。"

阿吉还想说点什么，但信号又中断了。他朝窗外望去，一层薄雾阻挡了视线，那大概是倒到太空舱外面的排泄物变成粉末状的冰屑时形成的。他移动到成像雷达旁边，等宇宙飞船到撒哈拉沙漠上空时，便开始操作机件进行摄影。阿吉记得成像雷达对于绘制地图有极大的帮助。因为植物叶子、岩石、河流、海洋等的组成物质不同，所以雷达收到的反射波形式也不同，通过这个原理，雷达就可以把地图绘制出来。曾有人把雷达拍摄的影片用计算机处理，竟意外在撒哈拉沙漠发现了河床。事后，地质学家前往调查，证实了成像雷达的发现。这是因为雷达的透视能力很强，能穿透云层甚至一部分地层，观察到撒哈拉沙漠地底下交织如网的古代河床。

现在，阿吉正操作着成像雷达在撒哈拉沙漠上空进行摄影，突然他再度听到环保联盟的甘如饴博士传来的呼叫："世界各地出现不明发光体，快查明情况！"

阿吉和他的两个航天员同伴注视着影像屏幕上出现的奇异光点。撒哈拉沙漠上空的发光体大编队以"H"形停住，但几分钟之后又消失得无影无踪。在刚才UFO大编队所在的下方，却浮现出了一片城市废墟般的景象。

"啊！"三个航天员不约而同地叫起来。

珍珍回来了

因为酷热太阳的照射，常青市发软的柏油路上处处是受创剥落的惨象。许多停在路边的汽车静悄悄的，有如垂死的甲虫；穿着短袖短裤、打伞走路的人显得仓皇而无奈，脸上的油光和身上的汗水是他们仅有的水分。他们急切地想跳到河里，以免灼热的身体燃烧起来。在通往山中的林荫大道上，到处都是或闭目养神，或坐着聊天，或打瞌睡，或躺着看电视，或听收音机的人，少数人还在头上放置了冰枕或冰块。蜿蜒在山间的一条河里，数不清的人把身体泡在水下，只露出头部。远远望去，水里漂着满河的脑袋。

"超感应"在河边守候，看着大雄闭眼在水上打瞌睡。突然，天际传来一阵吱吱声，由远及近。众人抬头四望，大群发光的圆盘形物体在低空掠过。

"UFO！UFO！"

"又是UFO！世界末日到了！"

"不是好现象！我们都完了！"

大家你一句我一句地嚷着。大雄也看得目瞪口呆。UFO在空中掠过后，再90°转弯，展现了惊人的绝技。有三个UFO停在空中，然后消失不见。

"珍珍！珍珍！""超感应"突然往枯黄的草丛中狂奔，不断地叫喊着。

大雄从河里一跃而起，只穿着短短的泳裤，跟在"超感应"身后跑。他们身后一大堆人也莫名其妙地一边跟着跑，一边议论纷纷。有人说是UFO降落了，有人说是UFO爆炸了，各自发挥着想象力。最后，他们发现一个长发披肩的少女，她呆站着，以疑惧的眼光扫视众人。"超感应"挥舞两手，喊道：“珍珍，我们找到珍珍啦！珍珍，你到哪里去了？”

大雄也赶到了，他愣愣地望着珍珍，半信半疑，又有些惶恐，一时还不敢接近她。

“珍珍，你怎么啦？”大雄问。

“我还好。”珍珍说话了，让大雄松了一口气，“我只不过睡了一觉而已。”

“你已经失踪五十几天了，你不知道吗？”

“我不知道。我像是做了一个梦，我到处飘，飘到有许多星星的地方。”

“有星星的地方？”“超感应”问她，“是不是见到许多星星……从你身边飘过？”

“对。”珍珍皱着眉点点头，抬头望着天上的太阳，用一只手遮着脸说：“热死了！阿吉到哪里去了？”

“阿吉在太空中，”大雄说，“正在执行任务。”

“怎么会这样？”珍珍问。

“说来话长……”大雄拉着她往树荫下走去。

旁边围着的看客中，有人认出珍珍是罗百科失踪的女儿，便大声喊道：“大新闻，大新闻！快找环保联盟的人过来看！”

一个穿着泳衣的妇女尖着嗓门叫道：“我就是环保联盟的人。”她冲到珍珍面前，仔细端详珍珍，说：“不错，这个人跟照片上的人很像，你到底躲到哪里去了？是不是科学发展部的人故意把你藏起来了？”

“你在说什么？”珍珍睁大了眼睛问。

"你难道不知道怎么回事吗？这个世界都要天翻地覆了，你还装不知道？"

被妇人这样责骂，珍珍急得掩着脸哭了起来。

"别哭，珍珍！"大雄安慰她，"我们回去吧，你爸爸见到你会很高兴的。"

大雄开车把珍珍带回科学发展部，"超感应"一路上在车子里嘀咕："我就知道珍珍回来了，珍珍是被UFO带回来的。你要努力想一想过去的五十几天你在干什么，你看到外星人了吗？他们对你说了什么？"

当珍珍、大雄和"超感应"走到大楼门口时，"料如神"正在门口等他们。它张开双臂，兴奋地喊道："被我料到了，你终于回来了。"

科学发展部门前的广场上聚集了来自四面八方的人，在炎热的天气下，他们的心也是火热的。有人说，UFO把珍珍送回来了；也有人说，不知道是科学发展部搞的鬼还是环保联盟搞的鬼，反正在世界危机面前，只要大家携手合作就好，不要再闹意见了。

外星人的名片

"无畏号"执行了250个小时的任务后，终于降落在太空基地。返航途中，阿吉已经从无线电中获知珍珍回来的消息，因此，他回到地面后便迫不及待地与科学发展部联系。

"阿吉,我们正在为珍珍做检查,包括用催眠术催眠她。"大雄在电话中说,"环保联盟的人也在场,希望能理出个头绪。珍珍好像跟外星人有过接触。"

"珍珍怎么样了?"

"还好,只是受了一些惊吓。她还念念不忘她的银毛狗。"

阿吉赶到科学发展部时,初步的检查报告已经出来了。甘如饴博士与罗百科经过一番辩驳后都同意了一点:珍珍的失踪是在无法解释的情况下发生的。珍珍接受检查时,曾在无意识状态中不断地喊着:"撒哈拉古城!撒哈拉古城!"科学发展部已决定进一步派人前往探查,至于珍珍在催眠时叙述的有关UFO和外星人的事,则列入一级机密。阿吉很快从计算机档案里查阅到资料:

罗珍珍在催眠实验中透露的事非常令人震惊。她说,她在外星人的飞船里接收到了可怕的信息:地球即将因为太阳的变异而毁灭,拯救地球的唯一办法是利用海水中含量丰富的氘或氚——氢的同位素,引发核聚变。也就是以海水做燃料,制造的四分之一的能量用来挣脱太阳引力,另外四分之一用来驾驶地球到其他太阳系,剩下的则用作星际旅行的动力或用来供应旅行中所需的光和热。

"把地球当作宇宙飞船驾驶!"阿吉跳了起来,叫嚷着,

"这比阿基米德定理还要厉害！"

旁边的"料如神"突然搭着阿吉的肩膀说："阿吉，你再想想看，你读过的书里面有没有类似的想法？"

阿吉努力思考，抓着头发不解地望着"料如神"。

计算机继续打出字：

在太阳烧尽以前，利用海水中无限的能源引发核聚变，把整个地球运送到其他恒星系的想法，早在1961年便由美国新墨西哥州的洛斯阿拉莫斯实验室主任傅尔曼提出。这也是科学发展部从过去到现在一直在做的秘密研究。

问题是：外星人既然也知道了地球的危机，为什么不帮助我们？也许因为科学发展部一直否认外星人的存在，也许外星人不愿意过分干涉地球的事务，他们只发出了适当的警告，并告诉我们自救的方法。

阿吉站在计算机屏幕前看得出神，突然两只手搭在他肩上。他回过头来，看见罗百科和甘如饴正以严肃的表情看着他。

"我不相信有UFO！"罗百科说，"到底在搞什么鬼？"

"我也不相信有UFO！"甘如饴说，"就看你愿不愿拿出证据来。"

阿吉愣愣地站着，直到看见珍珍从门口走进来，他才松了口气。他伸出左手，把戴在指间的红宝石戒指亮给她看。

"你的戒指找到了。"

珍珍显得十分困惑，她把戒指取下，戴在自己手上。失踪回来后，她一直神情恍惚。她在催眠实验中把自己的经历原原本本地说出来，却无人相信，因为长久以来科学界对于催眠UFO接触者而获得的报告并不十分重视。在过去的许多案例中，不少受催眠者自称遭UFO绑架，很多是自我想象或接受了暗示所致。一般而言，专业的UFO研究者也不认可催眠所得的证据。

阿吉情不自禁地拥抱珍珍，久久说不出话来。

"银毛狗呢？"珍珍问。

"我怎么知道？"阿吉说。

"我记得我跑去追银毛狗——它掉到楼下去了，我去追它，然后我就感到天旋地转，不知道怎么回事了。"珍珍委屈地说，"外星人带我去了外层空间，告诉我地球是个美丽的星球……太可惜了，不应该毁灭……所以希望我们能自救。我只记得这一点，其他都不记得了。"

"我知道。"阿吉说，"我看了你的催眠报告。你可能飞了好几百光年的距离才回到地球，对你来说可能只是一刹那或是没多久的事，但地球上已经过了几十天。有点像科幻小说！"

门口传来一阵骚动，机器人前来报告：科学发展部前的广场上聚集了一大堆示威的群众。阿吉跟着罗百科和甘如饴走到窗口，打开窗子，阵阵热风迎面扑来。他们探头往下望，人们在嘶声狂叫，还举着横幅：

"快救救地球吧！"

"你们科学发展部和环保联盟不要再意气用事了！"

"我们都是同一条船上的人，大家要携手合作，才能救自己！"

"地球要灭亡了！世界末日真的到了！希望科学发展部赶快拿出救人的方案！"

更远的街道上都是黑压压的人头，每个人都穿着白色的衣服。短暂的静默后，庄严肃穆的大合唱响彻云霄。

黄昏时刻，太阳稍微收敛了它的光芒，血红的天空却带来恐怖与死亡的气氛。

罗百科关上窗户，面容暗淡，豆大的汗珠从额间滚落，流到他的嘴角。他与甘如饴交换了一个眼神，叹口气说："怎么办？现在要由你出主意了！"

"环保联盟的宗旨是保护地球环境不遭受破坏。"甘如饴不温不火地说，"现在我们大致达成一致的见解，只剩下最后一个问题——你的女儿珍珍是怎么回事？是不是你在故弄玄虚？"

"是你在故弄玄虚！"老百科不禁火冒三丈，指着甘如饴的鼻子大声说，"你不相信我，我怎能相信你？！"

"爸爸！"珍珍在一旁劝解着，"我的事情跟你们有什么关系呢？现在最重要的是拯救地球呀！"

这时大雄急匆匆地走进来，惊慌的神色叫人一望便知有事发生了。他说："撒哈拉沙漠地区来报告了。"

"什么报告？"老百科与甘如饴不约而同地问。

一定是撒哈拉沙漠地区的古城有新的发现，阿吉想，成像雷达在太空中拍摄到的撒哈拉古城与珍珍在催眠状态中喊着的"撒哈拉古城"似乎隐隐地相互呼应。

站在面前的"超感应"对众人微笑着说："我们在撒哈拉古城发现了证明UFO存在的确凿证据——不，是证明古代已有外星人访问地球的证据。"

"到底是什么证据？"阿吉问。

"不知道。""超感应"摸着自己的额头，闭上眼，陷入苦思，"我的感应力目前只能获得这些信息。"

老百科打开了计算机通信系统，屏幕上很快出现了刚刚挖掘出来的部分古城的样貌：坚硬光洁的石壁建筑反射着强烈的太阳光。一位环保联盟的人手里拿着一颗光华夺目的圆球对着镜头。计算机打出了字：

> 这是一种铅铝合金，只存在于重力为零的太空环境。铅虽然比铝重，但在无重力状态下，铅不会往下沉，因而产生奇异的铅铝合金。这简直就是外星人留在地球上的名片。

"不错！是外星人的名片！"甘如饴惊讶不已，终于承认了，"这是他们故意留给地球人的信息。只有先进文明才能制造出来的铅铝合金，却在古代的城市里被发现了。看样子UFO是真的！"

"UFO在这个时候出现是有用意的。"老百科附和道，"他们出现在撒哈拉沙漠，是为了叫我们去撒哈拉发现古城，给我们发送信息。"

阿吉看到老百科的手搭在甘如饴的肩膀上，仿佛他们之间已搭起了友谊的桥梁。

"地球逃亡"计划

科学发展部的研究室里，人们正在草拟一项拯救人类的"地球逃亡"计划。来自世界各地的政治领袖、核工程学家、生态学家、天文学家等聚集在一起，讨论如何执行这个空前的逃亡行动。

"没有人会相信，太阳这么快就衰老变异，走向死亡。"罗百科在讲台上说，"科学的最终目的是解除自然的威胁，探究真理，为人类谋幸福。我在这里要求各位尽可能提出让最多的人接受且损害最少的方案。"

接着，根据科学发展部各单位的调查结果，罗百科报告了UFO现身地球，以及整个地球温度不断升高的情形，还有气候的大变异已经造成了各种可怕的灾害，如干旱、饥荒、森林火灾、海平面上升、狂风暴雨等。他最后做出结论：

"整个世界就要改变了。"

环保联盟的甘如饴以沙哑的嗓音说："探测太阳的报告已经证实，太阳正在发生大变异。现在我们只有支持科学发展部的决定，赶快建造地球航行推进系统，以便我们逃离太阳系。但是，我们要求将来的这艘地球宇宙飞船，在没有太阳、只有'人造太阳'产生光和热的情况下，不破坏整个地球的自然环境……"

为了使"地球逃亡"计划能够尽善尽美，讨论如火如荼地进行着。科学发展部最高部门企划的方案是在南极地区建造一个使用核聚变的核脉冲推进系统，使地球加速旋转，并逐渐脱离太阳系，朝十光年以外的星系航行，最终找到一个新的恒星，再停下来，绕着新恒星运转。地球上的海水产生的能量，最少可以让地球在太空中航行几十亿年之久。核脉冲推进系统之所以设在南极，是为了减少核反应爆炸时向四面八方扩散的冲击波所造成的损害。然而，地球赤道地区还是会因为地球加速旋转而发生地形大剧变，因而受到重创。

当会议进行到第三天，他们正在讨论如何疏散赤道地区的人时，发生了一次大地震。紧接着，全市停电，许多大楼起火。缺水加上天气干燥，常青市的火势无法控制，所幸，大火没有波及科学发展部周围的建筑。

当时，阿吉带着他的机器人"料如神"和"超感应"正在研究那颗从撒哈拉古城挖掘出来的圆球，珍珍在旁边看着。阿吉已从广播中得知了"地球逃亡"计划，他赞叹科学发展部提出拯救世界的方案，觉得自己更应该努力为科学工作尽一份心力。就在这时，忽然停电了，整栋大楼一片漆黑。

大楼外传来可怕的喊叫声，热腾腾的风从地震后裂开的窗户刮了进来。阿吉冲到窗口向外张望，发现天空中又有不明飞行物体以"H"形编队整齐无声地快速飞过。

"拯救地球要靠自己！""超感应"说。

"拯救地球，人类要团结！""料如神"抱着头说。

"怎么回事？"珍珍走过来拍了拍两个机器人的背，然后瞥见那群发光的飞行体，她突然一阵晕眩，差点倒下去。阿吉及时扶住了她。

"珍珍，你还好吧？你怎么啦？"

"超感应"以它感应到的异象，怪腔怪调地说："诸河反流——疾风暴发——黑云四起——恶雷掣电——雹雨骤坠——处处星流——"

"你到底在说什么？"阿吉摇晃着"超感应"，"在作诗吗？"

"超感应"刚从恍惚中回过神来，"料如神"又喃喃地说："海水波扬——大地震动——山崖崩落——诸树摧折——四面烟起——甚大可畏——彗星昼出——人人啼哭——诸天忧愁——"

"你们到底怎么啦？"阿吉忍不住抓着"料如神"大声问。

两个机器人突然相互拥抱，似乎感受到了什么巨大的震撼。阿吉意识到，刚才它们描绘的是即将来临的灾难的恐怖

景象。

发光的不明飞行物体从天空中消失后，两个机器人恢复正常，面面相觑，不知所措。

珍珍迫切想知道"超感应"和"料如神"刚才所说的话的含义，她记得自己在一本哲学书上读过类似的句子。她拉着阿吉的手，摸黑走向图书室，"超感应"和"料如神"用它们胸口的自备灯照亮前方。

突然，前方出现一个踉跄的人影，像是受伤了，一下子扑倒在地。阿吉跑过去扶起他，抱在自己的怀中。只见他满头鲜血，双眼呆滞。

"大雄！"阿吉喊道。

大雄无力地睁开眼，气喘吁吁地勉强吐出了两个字："太太……"

"什么太太？"阿吉问，"你没有太太呀？"

大雄摇摇头，以微弱的气息挣扎着继续说："太阳……太阳实验……是……'H计划'……"

"'H计划'？"阿吉脑海中闪过UFO编队排列成"H"形的情景。他摇晃着大雄问："'H计划'是不是我们的'地球逃亡计划'？"

"不是……不是……"大雄使劲地摇头，"是科学……发展部……最高机密……失败了……我们……才有今天……的日子……"大雄的声音越来越小，渐渐说不出话来，最后他的身体一阵痉挛，不动了。

"大雄！大雄！"两个人同时呼唤道。

大雄再也没有任何动静，阿吉拼命摇晃着他，企图使他再讲几句话。眼看大雄就要这样离开人世，阿吉心有不甘，他让两个机器人抬着大雄去急救。

科学发展部的自备电源被触发了，每个走道都有了照明。阿吉把大雄移到诊疗室，快速地使用心脏起搏器来救大雄。珍珍在一旁看呆了，她完全无法理解这一连串的怪异事件。她搂住"超感应"的腰，似乎只有这样才能消除她的恐惧。

"超感应"在这时感应到了什么，说："大雄去追查不应该追查的机密……所以……"

阿吉满头大汗，无论怎么急救都无法挽回大雄的生命，他不禁扑在大雄怀中哭了起来。

突然门开了，两个"大汉"型机器人走了进来，不由分说地用手里的麻醉枪朝两个人射击，阿吉一下子昏了过去。无情的机器人又射击了两次，射向"超感应"和"料如神"。

两个机器人没有料到这突如其来的攻击，按着胸口倒了下去。

"在……某本书……里面说过……""超感应"在失去意识前说道。

"是……""料如神"也断断续续地说，"世界末日的景象……但不是末日……世界……还有……希望。这是地球加速运行后……赤道地区受灾的可怕情形。"

阿吉在迷迷糊糊中做了无数个怪梦：转动着的地球在群

星间疾速前进，寻找新的恒星，地球上的人类和亿万生物都像搭上同一条船的旅客，在惊骇中挣扎、喘息，那是一段可怕的未来岁月。

不知过了多久，阿吉睁开眼睛，看见父母慈爱地看着自己。

"我们现在在青藏高原上。"母亲说。

"阿吉，好孩子，你总算醒来了。"父亲抚摸着他的头。

"珍珍呢？"阿吉起身四顾，看不到珍珍的身影，很是焦急。

"珍珍跟她爸爸在一起。"

"到底怎么回事？"

"地球宇宙飞船已经出发了。"

"真的吗？"阿吉困惑地问。他已经睡了很长时间，在迷迷糊糊的梦中，他依稀觉得自己是飘浮在太空中的一粒微尘，在星空中不停地漫游、浮动。他记得在他得知了科学发展部的最高机密后，发生了一连串可怕的暴力事件，他和珍珍还有两个机器人都被伤害了。

"你已经睡了300天。"母亲说，"他们希望你休息一下，不要再惹事端，所以让你冬眠了，今天才让你醒过来，然后我和你爸就把你接回家了。"

阿吉困倦地睁开沉重的眼皮，四下搜寻。简陋的房间里看不到窗户，暗黄的灯光下，只有竹桌、木椅等简陋的家具。唯一让他觉得还有现代感的是摆在一尊佛像旁边的晶体管收音机。四方的墙壁传来阵阵泥土味，让他很不习惯。

"我们都住在山洞里。"父亲说，"这是科学发展部的安排，希望我们的地球能加速运转，脱离太阳系，进入平稳的航行状态……所以很多人要疏散到高原上来避难。"

阿吉接过母亲端来的热汤，一口喝了下去。他摇晃脑袋，希望能理清头绪。他问："那么，地球的危机已经解除了吗？"

"地球现在不再发烧了，不过我们将有一段苦日子要过，因为我们的地球已快失去太阳了。"父亲的语气中充满了无奈，他叹了一口气，"没有人不害怕。"

"真的吗？真的吗？"阿吉站起来，感到头晕目眩，"我们很快就要失去太阳了？"

一个似曾相识的机器人走过来，在阿吉面前很有礼貌地行了个礼。

"'超感应'！"阿吉叫道。

"我现在已经不是'超感应'了。"机器人说着，挤出笑容，"我现在只是个平凡的机器人，就叫我'百事帮'吧。"

"'百事帮'？"

"不错，就像普通的机器人。他们不希望有太多的'超感应'机器人，免得惹麻烦。"

"他们是谁？"

"科学发展部。""百事帮"的眼睛转了转，"他们不希望'地球逃亡'计划再受到太多无谓的干扰。"

"怎么会呢？"

"你看大雄是怎么死的就知道啦！"

"大雄——"阿吉如梦初醒，想起大雄最后因为查到科学发展部的最高机密而丧命。他怒不可遏，不禁握着拳头咆哮道："太可恶了！太可恶了！科学发展部毁了世界，是科学发展部毁灭了世界……"

阿吉的父亲打开了收音机，广播说：

> 各位地球旅客，我们的地球目前以42.2千米每秒的速度在太空中航行，逐渐脱离太阳的引力。在我们的视线中太阳成了群星中的一个光点。今后我们地球上的光和热要靠自己来制造，科学发展部设计的"人造太阳"——核聚变电厂，运行情况良好，安全无虞。按照地球上的海水储量，地球在太空中航行几十亿年都没问题，请各位旅客保重，支持科学发展部的计划，我们都是同一条船上的人……

"这样的广播每天都有，"母亲说，"我们听都听烦了！"她换了频道，轻松的音乐配合着美妙的歌声从收音机里传出来。

阿吉仔细一听，不禁吓了一跳，好熟的声音：

> 当太阳的尸体变色以后，
> 所有的星星都在含泪哀悼。

宇宙的舞台上，
光与热，前赴后继，
对抗永恒的黑暗与寒冷。
让我们继续不断寻找生命之母，
人人迫切仰望，
衷心期待。

主持人介绍唱歌的人叫珍珍，阿吉一下子热血沸腾。他从屋内奔出去，外面一片漆黑，天空中繁星闪烁，似乎在向他致意。在他过去的科学工作生涯中，他曾几次在太空中冒险，那时挂在黑色天幕中的星星是那样可爱迷人，现在它们却引起了他的痛苦。

"珍珍现在在澳大利亚。"阿吉的母亲走过来，安慰阿吉，"澳大利亚距离南极的科学工作站比较近，她的父亲罗百科常在南极。"

"常青市呢？"阿吉回过头来，睁大眼睛问。

"常青市毁灭了。"

"毁灭了？被烧了，还是被大水冲毁了？"阿吉大惊。

"他们说，常青市靠近赤道。"父亲的脸扭曲着，烟圈从他的嘴里吐出来，一股伤感流溢着，"他们说，因为地球加速运动、加速旋转，赤道地区的部分地方会变形，因此发生了大地震、大海啸……常青市整个毁灭了，其他靠近赤道的城市也一样。"

天空中突然洒下了银箭似的流星雨，万道闪光把大地都照亮了。现在阿吉看清楚了整片起伏的山峦，上面建了许多临时住宅，山顶上插着各种天线，山洞里隐约能看到活动的人影。

"人类又回归穴居生活了吗？"阿吉感叹道。他想，也许地球在运行途中经过了流星群，因而这个时候才出现流星雨。

"有的地方还有城市保留。""百事帮"在他身后说。

"最初，城市都没有人住，人们都躲到山里去了，怕地球加速运行时发生地震等灾变，现在城市渐渐有人住了。"

阿吉心里惦记着珍珍，不知她为何就这样与他失去联系。他问了父母，他们眉头紧锁，沉默不语。"百事帮"从家里的文件柜里找出一封信，交给阿吉。

"老百科说，等你醒来后交给你。"

阿吉怀着兴奋和惊喜的心情拆开那封信：

阿吉：

当你收到这封信时，你也许不会相信地球已经在你睡觉时走了好长一段时间，驶向银河的中心了。科学发展部的工作是绝对不能再出差错的。因此，为了大局着想，我们希望你经过长时间的冬眠后，能够谅解我们的苦衷。希望你在青藏高原过得愉快，不要再胡思乱想。科学发展部永远在为人类的福祉而奋斗。希望不久之后，三个"人造太阳"能够像卫星一样，在地球上空悬挂起来，以解决地球上植物的光合作用问题。我们目前使用的光和热来自核聚变电厂。科学在进步的途中或许有过失误，但那是可以被原谅的。再见，祝你在新环境中生活如意。

老百科

阿吉看完信，茫然地望着父母和机器人。

"珍珍呢？"他如一枚滚落的石子，掉进万丈深渊。

"孩子！"母亲抚着阿吉的肩膀，慈祥地说，"老百科大概不希望你再有非法追查科学发展部的举动，所以……"

听到母亲这么说，阿吉心里的憎恨更深了。他想起世界环保联盟过去一直在进行的工作，他们不见得故意处处与科学发展部作对。（他们当初怀疑科学发展部破坏了环境而造成地球温度上升，却没想到是科学发展部的探测太阳的"H计划"导致太阳加速转变，这项机密大概只有少数几个人知道，连环保联盟的人也被欺骗了。）

"我要去找珍珍！"阿吉坚决地说。

没有人能逃离地球

澳大利亚的光明市里，每一个有灯光的广告牌上都写着"珍惜光明"的警语。虽然这是一个新兴的城市，但它所有的照明设备和能源都与地球上任何一个城市一样，由核聚变电厂供应。由于此地邻近南极科学工作站，又设有太空中心，它是在"地球逃亡"计划下最繁荣的城市之一。在共同的危难面前，人类有了奋发图强、团结一致的意识。

从北半球到南半球，阿吉经过漫长的旅程，终于抵达了光明市。

他站在街道的一角，瑟缩着身子，把大衣领子竖得高高的。地球现在已不再酷热难熬，反而开始变冷了，他的心情也同样阴沉。

珍珍那秀丽、端庄的脸出现在一所学校门口的广告牌上。上面显示了几行荧光文字：

> 地球的航行是孤单的，
> 但只要有歌声，就不寂寞。
> 心连着心，盼望着，
> 赶快抵达，
> 一颗散发着光与热的星。

阿吉按了按门铃，一个机器人走出来开门，阿吉一下子就认出那是"料如神"。

"你找谁？""料如神"却好像不认识他。

"我找你们的音乐老师罗珍珍。"阿吉仔细观察"料如神"的脸，上面有一个机器人特有的号码：2010-2968。难道它现在和"超感应"一样，降格为普通的机器人了吗？

"请……请问您贵姓？""料如神"诚惶诚恐地问。它的记忆中已没有阿吉的影像，显然它的脑部受过重创。

阿吉递给机器人一张名片，机器人转身走了。

它回来时，依然拿着那张名片，说："抱歉，罗珍珍说她不认识你。"

"不可能的，怎么会呢？"阿吉又慌又急，一颗心直往下沉。他抬头往窗口一瞥，正好看见珍珍的侧影贴着窗子往底下窥视。

"我要去见她！"阿吉喊道，推开机器人直往里冲，机器人立刻揪住他，往他脸上揍了一拳。他踉跄地倒下去，被拖到门外，身上携带的一沓照片从怀中撒出，散落了一地。

几个行人走过来，扶起他，并捡起照片仔细看。

"天啊！"一个人叫了起来，"这张照片上有太阳！"

"这张是在太空拍的哩！你是航天员吗？"另一个人喊道。

"快！快带我们去太空站！"一个满脸胡子的大个子揪住阿吉的衣领，瞪大眼睛问他，"你……你是米阿吉？我认识你。听说世界就要毁灭了，太阳都消失不见了。唯一的逃命机会就是搭乘宇宙飞船离开。"

"米阿吉，你就带我们去吧。"另一个男子把他往前推。街道上许多人围过来观看。

阿吉挣扎着，挥出一拳，正好打中大个子的下颌。大个子往后一仰，跌在人行道上。其他两个人迅速扑过来，一边一个抓着阿吉的左右臂。大个子的拳头再度挥向他，阿吉把脸一偏，闪开了。阿吉踢出一脚，击中大个子的两股之间，只听见一串哀叫，紧接着阿吉的脑袋遭到一记沉重的闷击。他眼冒金星，如打转的陀螺，在晕眩中逐渐失去知觉。

当阿吉恢复意识时，他发现自己在车厢里，周遭人声鼎沸。车子最后停在太空中心的大楼门口，许多狂怒的群众推搡着。

一个女人手里拿着麦克风，长长的秀发在灯光下飘着，沾着血污的脸庞透着几分怨气，她叫喊着："各位同胞，我是环保联盟的白美丽，我要求大家安静，安静，安静……"

全场静了下来，阿吉看到许多人不耐烦地移动身子，探头探脑，他意识到一定又发生了什么大事。他回头望望身后两个陌生的男子，正要挪身出去，却被一把揪住。

"你别走！先听她怎么说。"其中一人厉声喝住他。

探照灯白亮的光线射在白美丽发亮的银色礼服上。她举着麦克风，喊着："各位，如果你们不相信我，一定要抢搭宇宙飞船离开地球的话，只会自讨苦吃。你们不相信我的话吗？我拿证据给你们看！这是实况录像……"她的手指向旁边的大楼。

太空中心大楼的白色墙壁上出现了巨幅影像——一艘名为"独立号"的宇宙飞船载着100名旅客，从一处秘密基地出发，他们不相信"地球逃亡"计划会成功。"独立号"的船舱外漆着几个大字："我们自己逃亡，不增加地球的负担。"最初，他们的航行很顺利，地球的太空基地和太空站也给予了必要的导航帮助，这些移民中最有名的便是孙大光——保护自然生态委员会的总干事。过去，他激进地为环保工作奋斗，和白美丽搭档，在世界各地进行反对科学发展部的示威活动。影像显示，他在宇宙飞船航行途中不断鼓舞旅客："我们离开地球是对的。地球已经成了一艘没有希望的破烂宇宙飞船，谁会相信它能载着几十亿人安全离开太阳系，找到一个新太阳呢？各位，我们要回太阳系。在太阳系中，离太阳较远的土星有一颗名为泰坦的卫星，它是一个有大气层的星球……"

飞船上的影片渐渐吸引了群众的注意，每个人都在全神贯注地观看。

"各位女士、先生！"孙大光在无重力状态下兴奋地说着。他的身体轻飘飘的，心也轻飘飘的，笑得合不拢嘴。他从挤压瓶里喝了一口水，接着说："泰坦比最靠近太阳的水星还大，是太阳系中唯一拥有厚重大气的卫星。我们将在那儿生活，太阳死亡以后，我们还可以在那儿开创天地。太阳的火焰不会热得把它吞噬、毁灭掉，因为土星离太阳很远。只要我们有可以居住的星球，就可以靠科技解决问题。我们一定可以在泰坦上活下去……"

孙大光滔滔不绝地讲着，显得很得意。他分给旅客们一袋一袋包装好的食物，有的旅客在打开铝箔包时，不小心让肉汁飘散到空气中。无数球泡状的汤在空中飘着，几个人拿着毛巾在空中挥动，试图清除水泡。有人因为鼻子里吸入水泡而咳嗽不已。船舱里乱作一团，叫骂声此起彼落，突然，舱内冒出一团火焰……

"失火了！失火了！"呼喊声尖锐刺耳，几乎要撕裂人的心肺。

混乱中，许多恐怖的人脸在飘浮、乱撞、急转……最后，画面消失，变成一片灰白。

"'独立号'失败了。"手拿麦克风的白美丽对开始鼓噪的群众喊道，"各位都看到了，孙大光他们都死了。你们还想离开地球吗？"

人群中，有人爆发出吼叫声。

"我们要上宇宙飞船，我们不怕死！"

"影像是假的！是在骗人！"

"白美丽，是你们自己想搭宇宙飞船走吧？"

人潮排山倒海般涌动着，现在阿吉逐渐了解事情的严重性了。地球本身正在逃亡，地球上的人却不能齐心协力贡献力量，甚至各怀鬼胎，都在为自己打算，令整个地球的航行困难重重。其中最主要的原因是人们对科学发展部失去了信心。他想起自己获知的最高机密，如今科学发展部落得如此下场，他不禁有些泄气了。他胸中涌起了难以排遣的怨恨与悲伤。

"你出去吧。"男子推着阿吉往前走，又对着人群呼喊，"航天员在这里！米阿吉可以带我们走！"

"米阿吉来了！我们有救了！"有人跟着嚷。

阿吉在人潮中不由自主地被推着往前走，他脑海中盘旋着纠缠不清的思绪。科学发展部对太阳做的机密实验，也许当真导致了地球的浩劫。

　　阿吉又想到珍珍，为何她也对他避而不见？

　　在万重矛盾和困惑中，他想：既然已经受困，不如将计就计，再寻求脱身之策。于是，他高举双手，大声喊着："我是米阿吉，我答应带你们出去！但是你们要听我说……"欢呼呐喊之声简直震天动地。

　　骚动过后是可怕的静默。一支麦克风被递到阿吉手里，他仰头看看天上，星星们都无言地注视着人间，仿佛在悲悯众生。他拿着麦克风，正要说话，白美丽冲到他面前，悄声对他说了几句。阿吉点点头，然后带着群众往前冲。

　　"我先进宇宙飞船试试看。"阿吉拿着麦克风对众人说，"大家要听我的话，不要太冲动，这艘宇宙飞船一次只能载200个人……所以，大家一定要遵守秩序。你们在这里抽签，选出搭乘宇宙飞船的人……大家按顺序来……"

　　人们再度议论纷纷。阿吉走向太空中心的大楼门口，有人在后面推挤，抓住他的衣服不放。一个维持秩序的机器人适时赶过来，拦住了那个人。但砰的一声，机器人瞬间被揍倒在地，众人从它身上踩了过去。

　　就在这时阿吉跑进大楼，电动门快速开启又关闭。阿吉的身影出现在大楼的墙壁上，人们聚集在通电的铁丝网前，目送他走进太空舱。吵闹的声浪还在升高，关于谁先上宇宙飞船的讨论似乎没完没了，气氛逐渐紧张……

就在这时，宇宙飞船的火箭推进器引燃了。

照亮天空的红色火焰喷向地面，宇宙飞船逐渐向上移动，离开发射台。地面猛烈地震动……

"怎么搞的？他怎么先溜了！"

"我们上当了！混账！"

咒骂的声音连同大小石块从铁丝网外面飞进去。

巨大的宇宙飞船逐渐升空，在黑暗的天幕中变成一道白亮晕黄的光芒，渐行渐远……

72秒钟后，宇宙飞船发出可怕炫目的光，接着传来一声爆炸声，碎片如陨石般坠落……

在场的人都惊呆了。

这时，真正的阿吉正坐在控制室里，注视着墙上的巨大屏幕。他身边站着老百科和甘如饴。

"委屈你了，阿吉。"老百科说，"珍珍等会儿来看你。"

甘如饴的眼角挂着泪，哽咽着说："这是不得已而为之。这艘'自由号'原来是做探测用的。人心太狭隘、太自私，我们要是不毁了它，永远没得清静，永远有人想要离开地球，而那是死路一条。"

"多亏你帮忙。"老百科叹了一口气说，"科学发展部承受的压力太大了。我们当初希望你休息一下，因为你无意中知道了一项机密。我们这么做是怕影响你的情绪，怕更多的人知道……连知道机密的机器人也被消除了记忆。"

"老百科，大雄他……"阿吉欲言又止。

"他闯进了安全室，被机器人伤害了，那是个意外。"老百科的眼圈发红，"其实，科学发展部的最高机密是由联合国的世界安全委员会主导的。他们希望我们实施'H计划'，以改善太阳系的整个环境，结果出了事。"

"现在我们都是同一条船上的人了。"甘如饴说，"外星人的警告的确有道理，现在他们不知又在哪里了。"

"'地球逃亡'计划大概没问题，所以他们就不出现了。"老百科微微颔首，露出轻松的微笑。

太空中心外，人群的哭声中混杂着叹息声。咒骂科学发展部的声音越来越小，"大家要团结在一起"的口号声渐渐变大。

黑压压的人群慢慢散开，有人仰望着天空，祈祷苍天保佑地球平安航行。

罗珍珍带着银毛狗出现在人群中，进入太空中心的大楼。阿吉冲出去，与珍珍相拥。

"谢天谢地！"阿吉说，"我终于看到你了！"

他的泪水夺眶而出，瞥见银毛狗，他好奇地问："找到它了？"

"这是一只机器狗，和刚才跟你待在宇宙飞船里的机器狗一样。你的事，爸爸在电话中跟我说了。"

这时，太空中心的女播音员通过扬声器播报：

各位地球旅客，各位地球旅客，我们的地球目前以42.2千米每秒的速度在太空中航行，逐渐脱离太阳的引力。到目前为止，旅途顺利，燃料充足。虽然我们刚刚损失了一艘巨型探测宇宙飞船，但那也表示——我们只有一个地球！没有人可以逃离地球，我们必须对我们的航行有信心。

科学发展部与环保联盟祝大家旅途愉快！

关于作者和作品

黄海，本名黄炳煌，1945年生于台湾台中，曾担任《联合报》编辑、静宜大学及世新大学讲师、《科学儿童周刊》主编、倪匡科幻奖评审委员等职务。黄海从事文学创作数十年，其作品跨越成人文学与儿童文学、传统文学与科幻文学，是台湾科幻小说的先驱之一。

早在1961年，美国新墨西哥州的洛斯阿拉莫斯科学研究所主任傅尔曼便提出将地球运到其他恒星系的设想。《地球逃亡》也许是最早运用这一设想的科幻小说。

小说讲述了由于太阳即将爆炸，地球上温度不断升高，出现各种异常气象，人类设法逃离太阳系的故事。致力于研发高科技和新能源的联合国机构想出了唯一能拯救地球的办法，即利用海水中丰富的氘或氚——氢的同位素，通过核聚变制造能量，把地球当作一艘巨型宇宙飞船驶离太阳系。小说想象力惊人，气魄雄浑，得到了无数好评，并获得1988年台湾东方少年小说奖。后来，作家刘慈欣在《流浪地球》中采用了相同的构想。

生死未卜

叶永烈

一下飞机就死了

一架超声速喷气式专机从L国起飞,迅速升到3万米的高空,然后以最快的速度朝着中国福建省泉州市飞去。

半小时后,专机开始下降,机翼下出现了碧绿的带子——晋江。紧接着,一幢幢火柴盒般的白色房屋出现了,这就是著名的侨乡泉州。

专机刚从跑道滑向停机坪,一辆雪白的气垫救护车便如箭一般驶向专机。

舱门打开了。两个护士推着轮椅,把一位老人推到舱门前。

这位老人年逾古稀,面孔苍白得没有一点儿血色,眉毛、胡子全白了,像一根根银丝。

老人挣扎着睁开眼睛,他看到机场大楼上两个红色的大字"泉州",两眼射出了欢快的光芒。前来迎接老人的亲友们跑上舷梯，不料，老人突然眼球向上一翻，身子朝旁边一歪，垂下了头。医生、护士们急忙上前检查，发现老人已经停止了呼吸，心脏也不跳了。

人们以最快的速度把老人送上气垫救护车，又驾驶救护车驶向泉州医院。老人经抢救无效，与世长辞。

老人孑然一身自国外归来，没有家属同行，也没有行李随身。人们只在他的衣袋里发现了一张信纸，纸上的字体秀丽，工工整整地写着：

静夜思
〔唐〕李白

床前明月光，

疑是地上霜。

举头望明月，

低头思故乡。

信纸的背面也抄录着一首古诗：

明妃曲①
〔宋〕王安石

一去心知更不归，

---

①此处引用的诗句为《明妃曲》节选。

可怜着尽汉宫衣。

寄声欲问塞南事，

只有年年鸿雁飞。

这两首古诗寄托着老人对祖国和故乡的思念。现在重归故里了，他是多么高兴、多么激动啊！谁知就在这个幸福时刻，他猝然离开了人间。

第二次讣告

第二天，报纸上刊登了一则消息：

> 我国著名核物理学家施宏乐先生昨日于归国途中不幸逝世。施宏乐先生的追悼会定于×月×日在福建泉州举行。

广播电台也播送了这则消息。

同一天，在千里之外的L国地下"核俱乐部"总部的办公室里，戴维少将几乎是屏着呼吸听完收音机里有关施宏乐逝世的消息的。听完后他发出了一阵歇斯底里的狂笑。

戴维个子不高，有一双狡黠的眼睛，举止略显神经质。他一个箭步走到可视电话前，按下按钮，荧光屏上马上出现了一个瘦长的小脑袋。

"喂，约翰逊，我亲爱的'猫头鹰'，你刚才收听广播了吗？"戴维得意扬扬地问道。

"听了，听了。第二次讣告，多么动听的新闻！哈哈哈……"话筒里传出"猫头鹰"沙哑的声音。

"你马上到我这儿来一趟，我们为胜利干一杯。"

不到一分钟，"猫头鹰"便出现在戴维面前。戴维早已倒好两杯血红色的葡萄酒。"猫头鹰"脑袋虽小，身材却很高大，他弯下腰与戴维碰杯。地下办公室里又传出一阵狞笑声。

"哈哈，施宏乐先生一生发了两次讣告，真是天下奇闻哪！"戴维又斟上了一杯酒，得意地说道。

"这都是您——我尊敬的少将导演的好戏。让我为您的成功干上一杯！""猫头鹰"举起酒杯，一饮而尽。

"来，您是这出戏的执行导演，也是我忠实的朋友。我为您的健康干杯！"

"哈哈哈哈……"两个阴谋家得意忘形地笑起来。

死了两次的人

施宏乐的一生确实发布过两次讣告。

他第一次"死"是在几十年前……

那时，施宏乐还是个年轻的核物理学家。他曾留学Q国，参加过研制原子弹、氢弹的工作。从Q国回国后，他为祖国的核物理研究做出了杰出的贡献，成为国内屈指可数的著名核物理专家。

不久，施宏乐作为中华人民共和国的代表，到L国参加联合核物理研究所的工作。在那里，他结识了L国的工作人员戴维。

戴维负责保管联合核物理研究所的文件和试验资料，施宏乐常跟他打交道。施宏乐是个老实忠厚的人，他不喜欢鬼头鬼脑的戴维，可是戴维偏偏喜欢接近他、纠缠他。原来，戴维负有特殊使命——他了解到施宏乐曾在Q国从事核研究工作，又在中国参与过核试验，便把施宏乐列为他们的狩猎目标。

施宏乐专心于科学研究，所以没有结婚，也没有交女朋友。戴维和他的助手——绰号"猫头鹰"的约翰逊认为这是一个重要的突破口，于是派出女间谍莎丽给施宏乐当服务员。尽管漂亮的莎丽风流多情，可还是打动不了施宏乐的心，他依旧日日夜夜埋头于科学研究。

就在这一年，由于L国撕毁合同，施宏乐接到了中国政府的通知，决定回国。

戴维又来拜访施宏乐。他见施宏乐正在收拾行装，便装出一副惋惜的样子说道："施先生准备回国？您这样的天才回到贫穷落后的国家，就好像一颗饱满的种子落进了贫瘠的土地。"

"我们的国家现在是很落后。正因为她落后，才更需要我回去。"施宏乐针锋相对，给了戴维当头一棒。

老奸巨猾的戴维不肯轻易认输，进一步挑唆道："我记得中国有句古话，'良禽择木而栖，良臣择主而事'……"

施宏乐气愤地站起身来，打断了戴维的话："请问戴维先生，你这话是什么意思？"

戴维自讨无趣，只得告辞。

戴维走后不久，电话铃响了。中国驻L国大使馆的临时代办老郑通知施宏乐，为了保证他的安全，大使馆决定让他马上动身，改坐火车回国。15分钟后大使馆将派车来接他。

刚刚过了10分钟，门外便响起了汽车喇叭声。施宏乐打开院门，一辆浅蓝色的星星牌轿车疾驶进来。施宏乐感到意外，正想与大使馆联系，却突然被人从背后拦腰抱住，用黑布蒙住了眼睛，嘴巴里也被塞了毛巾。几秒钟之内，施宏乐就被L国的星星牌轿车劫走了。

又过了5分钟，施宏乐住处的院门口出现了一辆乌黑发亮的红旗牌轿车。车上下来几个中国人，他们匆匆走进施宏乐的房间，却发现人和行李都不见了！

"走，快到机场去！"老郑焦急地对司机小李说。

红旗牌轿车飞快地驶上大街，刚到交叉路口，就遇上了红灯。他们足足等了七八分钟，绿灯才亮。

"这分明是有意拖延时间！"司机小李非常气愤。

当轿车赶到机场时，飞往中国的"尖兵号"飞机已经离开了地面。

"尖兵号"的"失事"

"尖兵号"起飞半个小时后，突然在L国上空爆炸！老郑接到通知，立即坐直升机赶到现场。

"尖兵号"真的爆炸了，它的残骸坠落在草原上。几十名中国旅客遇难。

L国的工作人员递给老郑一只烧焦了的皮箱。箱子里的衣服大都被烧毁了，只有夹在衣服里面的一个笔记本有几页没有被烧焦。其中一页抄录了两首古诗：李白的《静夜思》和王安石的《明妃曲》。这是施宏乐经常吟诵的古诗，老郑的眼睛里充满了泪水。他极力克制自己，不让泪水流下来。

没多久，L国的工作人员又推来一具遗体。死者的面目已经辨认不出来了，不过衣服上的纽扣和带网眼的皮凉鞋确实是施宏乐的物品。

第二天，中国和L国分别发布了飞机失事和施宏乐不幸遇难的消息。我国驻L国大使馆向L国递交照会，要求查清飞机失事的原因。国际舆论对这一事件有诸多猜测，众说纷纭。

他，没有死……

其实，施宏乐并没有死。

L国的间谍机构在施宏乐的房间里偷偷地安装了窃听装

置。当他们窃取了施宏乐将随中国留学生乘"尖兵号"回国的情报后，一方面贼心不死，企图以巨大的代价收买施宏乐，让其为L国服务；另一方面又在"尖兵号"上安放定时炸弹，企图杀害中国专家，以达到破坏中国国家建设的目的。在戴维收买施宏乐失败，中国驻L国大使馆通知施宏乐改乘火车回国之后，L国的间谍决定立即绑架施宏乐，同时炸毁"尖兵号"。为了制造假象，戴维和"猫头鹰"脱下了施宏乐的衣服和鞋，把它们连同施宏乐的皮箱一齐送上"尖兵号"。施宏乐被绑到了一个军用机场，直升机又把他送到了遥远的"核俱乐部"试验基地。

"核俱乐部"试验基地是L国进行地下核试验的场所，位于大沙漠的中心，周围几百千米没有人烟，和外面的交通往来全靠直升机。L国对这个基地采取严格的保密措施，没有特别的许可，任何人都不能飞到这里。

"核俱乐部"的指挥、控制和试验场所都在深深的地下，有的在地下200米处，有的甚至在地下300米的地方。

施宏乐被蒙着眼睛，对四周的环境一无所知，只觉得身体周围在不断震动着。他凭感觉推测，一开始坐在汽车上，后来乘坐的是喷气式飞机和直升机，然后又坐汽车、电梯，最后是坐在一张沙发上。

直到这时，他们才取走遮住施宏乐双眼的黑布和堵在他嘴里的毛巾，松开捆绑他手脚的尼龙①绳。施宏乐终于可以活动一下手脚了，他发现自己坐在一间地下室里，四周是浅绿色的塑料墙壁，头顶是米黄色的塑料天花板，地上铺着墨绿色的地毯，吊灯和壁灯射出柔和的光线。房间里装有空气调节器，温度适中，空气清新。他所在的房间是会客室，会客室往里还有卧室和卫生间，室内的用具和设备十分齐全。

施宏乐的对面坐着戴维，戴维两边的沙发上坐着"猫头鹰"约翰逊和"服务员"莎丽。

"怎么样，对新居满意吗？"戴维露出一副狡诈的笑容。

"无耻之徒！"施宏乐愤愤地说，"我要求回我的祖国！"

"哈哈，你的祖国？"戴维狞笑着，"中国人不是常说'识时务者为俊杰'吗？我希望你把我们伟大的L国作为你的祖国，成为当今的'俊杰'。"

"哼，你这是妄想！永远办不到！"

"猫头鹰"忍不住了，凶相毕露地拍着桌子威胁道："施宏乐，你知道这是什么地方吗？你不要敬酒不吃吃罚酒！"

这时，在一旁笑脸相赔的莎丽赶紧打圆场："施先生一路劳累，该休息啦！"

莎丽说罢，戴维像癞蛤蟆似的挺着大肚皮走了；"猫头鹰"像只大龙虾，弓着瘦高的身子走了；莎丽扭着蛇一样的腰身，也走出去了。

———————————

①锦纶的旧称。

地下室的铁门自动关上了。不一会儿，墙上出现了"晚餐"两个字，有人从一个小洞里送来了面包和牛奶。

纵论《三国演义》

施宏乐躺在柔软的泡沫橡胶床垫上，久久不能入睡。他对L国的卑鄙行径愤慨万分，他怀念亲爱的祖国，他的心早已飞向了祖国。

第二天早晨，小洞里送来早餐之后，地下室的铁门自动打开了。依旧和昨晚一样，戴维得意扬扬地挺着大肚皮走过来，"猫头鹰"凶神恶煞地弓着身子走进来，莎丽赔着笑脸扭动着蛇腰跟进来。不同的是，莎丽手里捧了几本书。

戴维刚坐下就假惺惺地装出十分亲热的样子问候起来："怎么样，我的老朋友，昨晚睡得好吗？吃得怎么样？哎哟，我想起来了，你是福建泉州人，应该给你送中国福建菜。我是'中国通'，在中国生活过很长时间，知道你们福建人喜欢吃鱼，特别是喜欢吃鱼丸，对吗？"

施宏乐厌恶地看着天花板，不加理睬。

"施先生，我知道你喜欢看书，特地让莎丽给你带来了中国的古典名著《三国演义》。"

戴维一边说着，一边从莎丽手里接过《三国演义》，放在施宏乐面前。

施宏乐依旧没有理睬。

"我很爱看《三国演义》，这是一本好书，我读过许多遍。"戴维边说边翻开《三国演义》，指着第二十五回《屯土山关公约三事　救白马曹操解重围》说道，"你瞧，关云长兵败下邳，被曹操围困在土山上。曹操派了大将张辽上土山，对关云长说：'今四面皆曹公之兵，兄若不降，则必死。徒死无益，不若且降曹公……'后来，关云长听从了张辽的劝告，向曹操投降，过上了'上马金，下马银'的奢华生活……这个故事很有意思。你们的唐太宗不是有一句名言吗——'以古为镜，可以知兴替；以人为镜，可以明得失'。"

　　施宏乐听到这里，已经忍无可忍。他冷笑一声，拿过《三国演义》翻到第二十八回，对戴维说道，"你大概不知道，当关云长和他的结拜兄弟张飞在古城相会的时候，张飞是怎样对待他的！这里写道：'只见张飞圆睁环眼，倒竖虎须，吼声如雷，挥矛向关公便搠……飞喝曰：'你既无义，有何面目来与我相见……'这段故事想必戴维先生一定读过吧。"

　　戴维心有不甘，继续说道："你瞧，刘备的儿子刘后主被司马昭俘虏之后，司马昭让他吃得好、住得好、玩得痛快。后来，司马昭问刘后主：'颇思蜀否？'刘后主答曰：'此间乐，不思蜀也。'这个'乐不思蜀'的典故，在中国几乎妇孺皆知，施先生何不也来个'乐不思蜀'？"

　　"说得真好，'乐不思蜀'！"莎丽随声附和。

　　施宏乐鄙视地望了他们一眼，指着《三国演义》，接着说："你们再看下去，看看后人是怎样评价'乐不思蜀'的：'追欢作乐笑颜开，不念危亡半点哀。快乐异乡忘故国，方知后主是庸才。'"

戴维狡黠地一笑，说道："施先生，你把《三国演义》背得滚瓜烂熟，有着惊人的记忆力啊！"

"过誉，过誉。"施宏乐冷冷地回答道。他顺手把《三国演义》翻到第六十回《张永年反难杨修　庞士元议取西蜀》指给戴维看："你看看这益州别驾张松——张永年，他到曹操那里，只不过把曹操新写的《孟德新书》从头至尾看了一遍，就能把这本共有13篇文章的著作'从头至尾朗诵一遍，并无一字差错'。这叫作'目视十行，过目不忘'。我比起古人张松来，还差得远哩！"

"猫头鹰"早已听得不耐烦了，他一把夺过《三国演义》扔在地上。

戴维故作姿态，连连说道："佩服，佩服！想不到核物理专家施先生对《三国演义》也有着如此透彻的研究，哈哈……"

自称博古通今的"中国通"戴维弄巧成拙，搬起石头砸了自己的脚。

几十个年头过去了

从那以后，施宏乐一直被囚禁在地下室里。

戴维在施宏乐的房间装了电视摄像头，他可以在"核俱乐部"总部办公室的电视屏幕上随时监视施宏乐的行动。每个星期，机器人还会给他送来"情况汇报"。

戴维十分看重这位中国专家的才华。他深知，L国的"核俱乐部"里找不出像施宏乐这样出类拔萃的人物。他决心征服施宏乐，也相信自己一定能够征服施宏乐。

然而，施宏乐却是一个棘手而倔强的对手。

施宏乐虽然生活在距离地面200米的地下室里，感受不到昼夜之分，但是他的作息始终像时钟一样准确。不论在多么困难的条件下，他都不气馁，不虚度年华。他不停地演算、推论，把一切推算的结果都牢牢记在脑子里，不在纸上留下一点儿痕迹。他留心"核俱乐部"里发生的一切，L国地下核试验的次数、时间他记得清清楚楚，他甚至根据震动的强弱大致推算出了核试验的吨级。他坚信这些努力都不是徒劳的。祖国需要他，祖国在关怀着他，他一定要坚持下去，争取早日返回祖国。他要把自己的知识和科学研究成果毫无保留地贡献给亲爱的祖国。

岁月在无情地流逝。

2年、3年、5年过去了。

7年、8年、10年过去了。

几十个年头过去了。施宏乐变成了皓首银发、年逾古稀的老人。由于终年不见阳光，他的皮肤苍白，没有一丝血色。

在这漫长的岁月里，莎丽对监视他早已不感兴趣，机器人代替了她。她离开了"核俱乐部"，时而当大使秘书，时而当参赞夫人，常出使外国，继续干那不可告人的勾当。

戴维和"猫头鹰"也渐渐地对施宏乐失望了。凶残的"猫头鹰"主张用一粒子弹结束他的生命，但戴维还不死心。他们俩由于成绩卓著，都升了官。戴维当了"核俱乐部"的主任，"猫头鹰"荣任副主任。

祖国在寻觅他

在这漫长的岁月里，施宏乐无时不在怀念祖国、思念故乡。他常常独自吟诵、抄录李白的《静夜思》和王安石的《明妃曲》，以寄托衷情。

祖国也在思念着她忠诚的儿子。她知道，施宏乐并没有死。

因为，中国驻L国大使馆的工作人员已经发现了许多蛛丝马迹：他们查出了施宏乐房间里的窃听器；在施宏乐住处的门口捡到了三颗掉落在地上的施宏乐外衣上的纽扣；当老郑和L国交涉将施宏乐的遗体运回中国的事宜时，L国却急忙毁尸，只送来了一盒骨灰……

根据种种迹象，老郑断定L国在玩"调包计"，施宏乐没有死。为了将计就计，迷惑对方，在L国发布施宏乐遇难的消息后，中国的各家报纸也刊登了讣告。

施宏乐究竟在哪里？祖国一直在寻找他的踪迹。

几十个年头过去了，施宏乐常年在深深的地下，终于一病不起。

经一再要求，戴维才同意施宏乐离开地下的"核俱乐部"，住进L国的金星医院。这时，施宏乐已面目全非。戴维认为中国人早已把他——一位"死"了几十年的老科学家遗忘了。即使让他回到故乡，他也只能像唐代诗人贺知章的名诗《回乡偶书》中所写的那样：

> 少小离家老大回，
> 乡音无改鬓毛衰。
> 儿童相见不相识，
> 笑问客从何处来。

然而，戴维估计错了：施宏乐无日不在"低头思故乡"，而祖国无日不在寻觅施宏乐。

在金星医院里，施宏乐作为传染病患者，住在隔离病房中。他独自一间病房，依旧与世隔绝。

一次很偶然的机会，Q国的传染病学代表团访问L国，前来参观金星医院。Q国的学者们穿着尼龙白大褂，戴着尼龙白帽子和大口罩，逐一参观隔离病房。参观了几间后，他们来到了施宏乐的房间门口，金星医院的院长正想绕过去，不料Q国代表团的史密特教授已推开房门，走了进去。没办法，金星医院院长只得跟了进去。

"Chinese（中国人）！"史密特教授见到施宏乐，感到很意外。

"How do you do（您好）？"施宏乐用流利的英语问候史密特教授。

金星医院的院长害怕泄露秘密，催促史密特教授赶快离开这里。

施宏乐当机立断，从内衣口袋里摸出一张几十年前的照片，送给了史密特教授。这时，随代表团来访的Q国摄影记者立即拍了一张照片。

金星医院院长碍于外交礼节，不便阻止，急得额头上沁出了豆大的汗珠。随后，史密特教授把照片夹进了自己的笔记本里。

第二天，Q国各报都在头版上刊登了施宏乐送给史密特教授的照片以及照片背面施宏乐的亲笔签字：

中国驻联合核物理研究所代表　施宏乐

Q国各报同时刊发了记者采访史密特教授的报道，标题为《他，没有死》。

在报道的右下方，各报还刊登了Q国摄影记者拍摄的施宏乐会见史密特教授的醒目照片。

密商毒计

Q国记者的报道在世界上引起了很大的轰动，中国的报纸也转载了这一报道和照片。中国驻L国大使照会L国，要求立即交还施宏乐。

就在Q国刊发报道的当天，施宏乐又被送回了地下"核俱乐部"，依旧被囚禁在那间地下室里。金星医院的院长被撤职。

然而，真相已经大白，如今再把施宏乐藏在任何秘密的地方都无济于事了。

中国驻L国大使邀请史密特教授和Q国传染病学代表团全体成员参加记者招待会，这令L国慌了手脚。在国际舆论的压力下，L国不得不同意在三天之内交还施宏乐。

中国派出了自己的超声速喷气式专机，前往L国接施宏乐回国。

就在交还施宏乐的前一天，戴维和"猫头鹰"密商并实施了一条毒计：他们在给施宏乐注射的最后一支针剂里，偷偷加入了"定时毒剂703"。这种毒剂刚注入人体时，不会使人体产生明显的不良反应。然而，它像定时炸弹一样，到了指定的时刻，被注射的人就会突然发作，昏迷并死亡。戴维和"猫头鹰"根据预先商定的移交时间计算好注射时间，让施宏乐在移交时一切正常。然而，刚被交到中国工作人员手里一分钟，施宏乐就突然昏迷，不会讲话了。本来，戴维他们想让施宏乐在飞机上死去，可由于飞机飞得比原计划快，所以施宏乐在到达泉州机场时才死去。于是，就发生了故事开头描写的那一幕。

戴维和"猫头鹰"为他们导演的这最后一幕高兴得手舞足蹈、得意忘形。

不可思议的事

戴维和"猫头鹰"受到了上级的嘉奖。他们离开了沙漠中的地下"核俱乐部"，飞往L国首都去领奖。

意外的是，戴维和"猫头鹰"刚下飞机，就遇到了从另一架飞机中走出来的莎丽。他们三人已经多年不见了，想不到会在这里重逢。已经是老太婆的莎丽脸上毫无表情；戴维和"猫头鹰"则满面春风，两人还沉醉在胜利的喜悦中。

三人坐上轿车，直奔L国国家安全委员会总部办公室。

办公室里，老上级杰姆斯正坐在沙发上。他手支下巴，凝视着铺在膝盖上的报纸，脸色阴沉。

戴维和"猫头鹰"一看，心里咯噔一下，站在一旁不敢作声。

半晌，杰姆斯才开腔，劈头就问："今天的中国报纸你们看了没有？"

戴维和"猫头鹰"赶紧回答："没有。"

早已退休的莎丽有气无力地答道："我听到广播了。"

"这是怎么回事？这到底是怎么回事？！"杰姆斯气急败坏地把报纸扔给戴维和"猫头鹰"。两人赶紧接过报纸读起来。

　　原来，这份中国报纸上登载着一篇长篇通讯——《他是怎样死去的？》。这篇通讯令人吃惊地详细记述了施宏乐当年被绑架的情景。

　　令戴维和"猫头鹰"感到不可思议的是，这篇通讯还真实地描写了沙漠之中的"核俱乐部"，描写了地下200米深处的建筑，记录了戴维同施宏乐的谈话，连他们谈论《三国演义》的细节都写在上面！

　　通讯还追述了施宏乐生病住院的前前后后以及他和Q国史密特教授的谈话。最后，通讯揭发了戴维和"猫头鹰"给施宏乐注射毒剂的罪行。

　　戴维和"猫头鹰"仿佛被雷劈了一般，坐倒在沙发上。

　　办公室里死一般寂静。猛然间，只听得砰的一声，杰姆斯拍案而起，三个丧魂落魄的家伙吓得面面相觑。

　　杰姆斯又厉声质问："中国人是怎么知道的？中国记者从哪儿了解到这些情况的？你们快回答！"

　　还是鸦雀无声。杰姆斯发火了，他怒气冲冲地吼道："死人不会说话！一定是你们三个之中有人出卖了国家机密！"

　　三个家伙顿时吓得面如土色，接着就你咬我、我咬你地相互指责起来。结果，三个人都被关进了地下监狱，杰姆斯也被撤职了。

会"说话"的死者

长篇通讯《他是怎样死去的？》究竟是怎样采访并写成的呢？施宏乐究竟死了没有？

施宏乐确实死了。

那么这到底是怎么回事呢？这得从发布讣告的那天说起。

讣告发布的当天，一位老教授从北京赶来了。他不胖不瘦，中等个子，两颊红润，精神奕奕。

他与施宏乐同龄，可是头发、眉毛依旧是乌黑乌黑的，只有前额和唇角有几条淡淡的皱纹，看上去比施宏乐年轻一二十岁。

老教授毕恭毕敬地在施宏乐的遗体前放置了花圈，花圈的白色缎带上写着"宏乐同学千古 姜弓敬挽"。

姜弓教授在端详了施宏乐的遗体之后，悄悄找到施宏乐治丧委员会主任、中国核物理研究所所长娄锦华教授，提出了一个出人意料的建议：开完追悼会之后，暂时不要把施宏乐的遗体送去火化，而是立即用专机把遗体送往北京，他要仔细研究遗体。姜弓把提出这一建议的原因告诉了娄锦华所长，并请他严格保密。

追悼会结束后，遗体被秘密地送到了北京。

姜弓是施宏乐留学Q国时的老同学，施宏乐学的是原子核物理专业，而姜弓学的是电子计算机专业。后来，施宏乐回国了，姜弓仍在Q国留学，因为他又爱上了医学，在医学院念神经科学专业。

姜弓为什么在学完电子计算机专业之后，又去念了三年的神经科学专业呢？这是因为姜弓很想制造一种微型电脑，这种微型电脑能够实现人脑的某些功能。为此，姜弓既需要学习电子计算机原理，也需要学习神经科学知识。

回国以后，姜弓在电子计算机研究所里从事微型电脑的试制工作。他深入地研究了人脑的生理特点，并从中得到启发，制成了像人脑一样具有记忆和思维两大功能的微型电脑。他把这种微型电脑装在机器人身上，微型电脑就能指挥机器人做各种工作。

之后，姜弓更加努力地研究人脑和电脑。他开始探索人类的记忆之谜。

人为什么能够过目不忘，又为什么对往事记忆犹新呢？过去，人们只能确定人类的记忆与大脑皮质有关，而对人脑产生记忆的原理一直弄不清楚。姜弓深入地研究了这个问题。

经过几十年的不懈努力，他终于弄明白：原来人类的记忆原理与录音、录像的原理差不多。

录音机能记录声音，是因为它能把声音的强弱变为电流的强弱，再通过电磁转换，把电流的强弱变为磁性的强弱记录在磁带上；录像机能记录影像，是因为它能把光线的强弱变为电流的强弱，再通过电磁转换，把电流的强弱变为磁性的强弱记录在磁带上。

姜弓发现，人类大脑的颞叶里有许多小小的"录音细胞"，大脑皮质中有许多小小的"录像细胞"。正是因为这些细胞在起作用，人类才能够记住消逝了的声音，记住往事的情景，回忆起几十年前旧友讲话的声调和他的容貌。

姜弓还发现，一个人去世之后，如果他的大脑还没有腐烂，那么储存在大脑"录音细胞"和"录像细胞"中的"档案"依旧存在。

姜弓想起了一句谚语："一个老人的去世，等于一座图书馆被烧毁了。"老人是最宝贵的，在漫长的一生中，他的脑中积存了许多宝贵的资料。然而，老人一旦离世，这些极为宝贵的资料也随之毁灭。这是何等可惜！千百年来，有多少老人离世，他们带走了多少宝贵的资料啊！

既然录音磁带能让声音重现，录像磁带能让影像重现，那么，能不能使死者脑子里的"录音细胞"和"录像细胞"记录下来的声音和影像重现呢？

由于姜弓掌握了神经科学和电子计算机两门学科的知识，又有许多专家的协助，所以他最终发明了"记忆再现机"。

记忆再现机是一种新型的电子计算机，它能够通过一系列的附属设备，再现人脑记录下来的声音和影像。姜弓把施宏乐的遗体安放在 $-20℃$ 的冷冻房间里，打开他的头盖骨，在他的大脑中插入许多比针灸用的银针还细的银电极。然后他启动记忆再现机，接着，从扩音器里不断传出施宏乐生前听到的种种声音，那巨大的荧光屏上出现了施宏乐生前目睹的种种景象（当然，这里出现的声音和影像只是曾给死者留下深刻印象的记忆，许多次要的事情并未给死者留下很深的印象，因此它们的声音或影像就很模糊，甚至全部消失了）。更可贵的是，电子计算机还把施宏乐一生在科学实验中获得的种种知识和经验加以整理，并打印了出来。

公安部门的工作人员和新闻记者也参观了这一重现过程。经过几个昼夜的连续工作，长篇通讯《他是怎样死去的？》被采写出来了。

一个月后，报纸上还刊登了这样一则新书广告："施宏乐所著的《核物理学》和《施宏乐全集》已经出版。这两本书都收录了《他是怎样死去的？》一文作为前言，以表达对作者的悼念。"

消息飞快地传到了L国，L国国家安全委员会总部的特工人员目瞪口呆，弄不清楚施宏乐究竟是死是活。那个杰姆斯的继任者一手拿着报纸，一手挠着脑袋，半晌才说出一句话："施宏乐生死未卜！"

关于作者和作品

本篇小说的作者叶永烈是中国著名小说家、历史学家、报告文学作家，早年从事科普科幻创作，以长篇小说和纪实文学为主要创作内容。作品《真理诞生于一百个问号之后》被选入部编版六年级语文下册第十五课，《床头上的标签》《炸药工业之父——诺贝尔》被选入北师大版六年级语文下册。

《生死未卜》讲述了一位中国核物理学家被某霸权主义大国劫持、监禁，经过艰苦曲折的斗争，终于返回祖国的故事。敌人在他临行时给他注射了定时毒剂，他回国后刚下飞机便不幸遇难。他的好友研究制造出"记忆再现机"，再现了核物理学家生前听到的种种声音和看到的种种景象，并将他储存在大脑细胞中的科研知识和经验复制了出来。

　　人脑为何具有记忆功能？至今科学家还未解开大脑的记忆之谜，只是普遍认为大脑皮质上分布的数亿个神经细胞具有超强的储存信息的能力。至于像小说里描写的，将大脑中储存的信息复制、再现出来，更是遥远的设想。但设想并非不能实现，这也正是科技发展的动力。

返老还童

[美国] 杰克·伦敦

"炼金术就像一场华丽的梦，迷人，却不可能实现；但就在这美梦消逝之际，她诞下一个比她更出色的'孩子'，不是别的，正是化学。说它更出色是因为它以事实取代了幻想，而且极大地开拓了人类成就的领域。它将不太可能变成较有可能，让理想成为现实。你懂我的意思吗？"

多弗一边心不在焉地找火柴，一边一本正经地看着我，使我想起了几年前我们的临床讲师弗劳利老医生。我点头表示同意，这时他已经把自己裹进了烟雾中，然后继续他的高谈阔论。

"炼金术教会了我们许多事，然而在之后的日子里，它带来的愿景我们没能实现几个。发明长生不老药固然是无稽之谈，永葆青春则否定了生命最基本的原则，但……"

说到这儿，多弗装模作样地停顿了一下，颇有些气人。

"不过，如今延长寿命是一件再普通不过的事了。就在不久以前，世代长度还只有33年，那也是当时人类的平均寿命。而今天，因为医疗条件、公共卫生、资源分配等方面大跨步的发展，世代长度已经被延长到34年了。等到我们的曾孙辈，世代长度可能已经增长到了40年。Quien sabe[1]? 也许我们还能等到这个数字翻一倍呢。"

"啊！"他看到我惊讶的表情，大声问道，"你明白我的意思吗？"

"我明白，"我回答说，"但是……"

"别管什么'但是'了。"他专横地打断我，"你们这些僵化的保守主义者总是拖科学的后腿……"

"我们那是怕科学走得太快，把脖子摔断。"我反驳道。

"你先别急，继续听我讲。生命是什么？叔本华把它定义为对生命意志的肯定，顺便说一句，这就是一个荒谬的哲学论断，我们对哲学毫不关心。那么，死亡又是什么呢？简单地说，就是人这个有机体的细胞、组织、神经、骨骼和肌肉耗尽精力、彻底衰竭、土崩瓦解。外科医生发现老年人骨折后特别难以愈合。为什么？因为他们的骨头变弱了，越来越接近溶解阶段了，无法再排出身体因自然代谢而沉淀在骨骼上的矿物质。这样的骨头该多容易断裂啊！话又说回来，要是有可能去除磷酸盐、碳酸盐等大量沉淀物质，骨骼就会

---

[1]西班牙语，意思是"谁知道呢"。

恢复其年轻状态时的弹性与健康。"

"如果通过各种各样的手段，在身体的其他部位实现这个过程，结果会怎么样？人体这个有机系统的崩溃就会延迟，人类就可以避开老年阶段，驱逐衰老，重新抓住令人头晕目眩的青春。如果科学能使一代人的生命延长一年，那么也同样可以将他们的生命延长许多年，不是吗？"

反转生命之钟，颠倒时间沙漏，让其中的金沙重新流动起来——这份大胆令我向往。干吗要拒绝这种事呢？如果一年可以，那为什么不能是20年？40年？

哼！我正要对我的轻信一笑了之，多弗拉开他旁边的抽屉，拿出一个带有金属塞的小瓶子。我承认，当我的目光落在瓶中那非常普通的液体上时，我顿时感到了一种让人痛苦的失望。那是一种沉甸甸、几乎无色的液体，完全不是人们会对这类神奇的化合物所期待的那种绚丽的彩虹色。他专注地晃动着它，动作几乎像是在爱抚；可是，瓶中液体并没有显露出它的那些神秘特性。接着，他在一个黑色小皮箱上按了一下，将其打开，点头示意放在天鹅绒箱底的皮下注射器。我脑子里立即闪过了布朗-塞加尔[①]发明的所谓长生药和罗伯特·科赫[②]用淋巴做的种种实验。我微微一笑表示怀疑，

[①]布朗-塞加尔（Brown-Séquard, 1817—1894），毛里求斯生理学家和神经学家，于1850年首次描述了脊髓半切综合征。
[②]罗伯特·科赫（Robert Koch, 1843—1910），德国医生和细菌学家，世界病原细菌学的奠基人和开拓者。

他似乎猜到了我的想法，赶紧说："不，他们走的路没错，只不过没走到终点。"

他打开实验室里的一扇门，喊道："赫克托！出来，老伙计，出来吧！"

赫克托是一条老迈的纽芬兰犬，多年来除了趴在地上挡路什么也不做，简直毫无用处。而在挡路这方面，它取得了令人钦佩的成功。所以请想象一下，当一只体形硕大而结实的动物像旋风一样冲过来，搅乱了一切，最后被它的主人制服的时候，我是多么惊讶。多弗一句话也没说，但那看着我的得意眼神已经说明了一切。

"可是——这分明不是赫克托！"我大喊，心里的种种疑问不断翻腾。

他把它的耳朵翻上去，我看到了两条撕裂伤留下的疤痕。这是它年轻时疯狂战斗的纪念，那时我和它的主人还只是孩子。我清楚地记得这些伤口。

"16岁了，却还像小狗一样活泼。"多弗得意地微笑着，"我已经在它身上做了两个月的实验。目前还没有人知道，不过等赫克托再次跑到室外，人们一定会惊讶地瞪大眼睛看它！显而易见的事实是，我通过注射淋巴液让它重获新生了。我用的就是早期研究人员用的那种淋巴液，只是他们未对混合物进行提纯，而我做了这种处理。这是什么液体？一种动物衍生物，它通过作用于动物有机体中停滞的生命细胞来消除衰老的影响。以赫克托的身体变化为例，它是注射淋巴混合物的结果，大体可以总结为将矿物沉积物从骨骼中排出，再对肌肉组织进行渗透。当然，除此之外还有一些次要问题需要考虑，但那些难题也在我早期的几个实验对象不幸死亡后被我攻克了。直到完全告别了失败，我才着手在赫克托身上做实验。现在——"

他站起身来，兴奋地踱来踱去。过了好一会儿，他才开始思考他那尚未完成的设想。

"现在我准备把这支液剂用于人类。我提议先找个和我很亲的人来试试——"

"不会……不会是？"我用颤抖的声音问道。

"对，就是麦克斯叔叔。这就是我找你来协助的原因。截至目前，由于我接二连三的新发现，返老还童的过程进展得飞快，连我自己都被吓到了。此外，麦克斯叔叔年事已高，我们得慎重再慎重。想要让一具年老体衰的躯体发生如此关键的转变，恐怕需要我们用最激进的方法，所以我们必须小心翼翼地操作。我刚说过，我越来越害怕自己太极端，需要有人在一旁稳住我、监督我。你明白吗？你愿意帮我吗？"

我向大家介绍了我和我的朋友多弗·沃林福德的上述谈话，以说明我是如何走进我一生中最奇怪的科学体验的。后来发生的那些闻所未闻的事情，村民至今仍在谈论和感叹。由于村民不了解真实情况，事情彻底背离了我的初衷。这引起了人们极大的兴奋。三场会议同时召开，取得了惊人的成功。许多人说这是神的预兆，不少平时头脑冷静的人宣称，这代表现代奇迹的到来。不过，他们仍然耐心而警醒地等待着末日审判的号角声；他们仰面张望，期待见证天空像卷轴一样卷起来的奇观。至于拉思伯恩少校，也就是多弗的叔叔麦克斯，村里有一部分人把他看作第二个死而复生的拉撒路①——一个差不多算是见过上帝的人；另一部分人则深信他已经成为路西法②的盟友，总有一天会在硫黄和地狱之火的旋风中消失。

尽管如此，我还是要在这里陈述事实。不过，我并不想详述整件事的细节，只想说说关于拉思伯恩少校的结局。我得先谈谈在我们用我们发现的奇妙且有效的配方，为沉睡的旧世界注入活力之前，冒山来的意外事件。

然后，我们将召开多国大会，将人类返老还童计划交给由数国能力卓绝的专家组成的委员会负责。我们在此承诺，这个计划是免费的，就像我们呼吸的空气一样。此外，鉴于我们纯粹的利他动机，我们要求委员会不得公布我们的隐私，行动也不得招致世人的反感。

现在回到正题。我立刻派人把我的行李取了过来，在多弗实验室附近的一个套间里住下。拉思伯恩少校被恢复青

---

①拉撒路（Lazarus），《圣经·约翰福音》中的人物，他在死后的第四天复活了。这里是指拉思伯恩少校在注射淋巴液之后"死而复生"。
②路西法（Lucifer），《圣经·以赛亚书》中的人物，被后世称为"堕落天使"。拉思伯恩少校"死而复生"之后变得暴躁、野蛮，就像堕落天使路西法。

春的承诺搞得目眩神迷，欣然接受了我们的请求。全世界都知道，他病得快要死了；但实际上，随着一天天过去，他变得越来越强壮。三个月来，我们全身心地投入到这项任务中——一项充满危险的任务，但它如此令人着迷，以至于我们几乎没注意到时间的流逝。少校苍白的皮肤恢复了血色，肌肉丰满起来，部分皱纹也消失了。他年轻的时候是个很棒的运动员，全身的器官都没有健康问题，他以一种奇迹般的方式恢复了力量。他积聚起的热情和活力非常惊人，他的血管中似乎肆意驰骋着青春的充沛精力，到后来，我们常常很难用束缚带将他固定在病床上。我们原本是要去救一个虚弱的老人，结果却发现我们救的是一个具有冲劲的年轻巨人。奇怪的是，他雪白的头发和胡子没有任何改变。尽管我们很努力，但这些毛发拒绝了我们的一切努力。此外，他那随着年岁增长的暴躁脾气仍然存在。这一点再加上他天生倔强好斗的性格，使得他成了我们的一个沉重负担。

四月初的时候，由于邮局要求我们办理关于一批化学品的烦琐手续，多弗和我不得不离开实验室一段时间。我们给了多弗信赖的员工米歇尔一些必要的嘱咐，所以并不担心实验室会有什么麻烦。可是，当我们回来的时候，米歇尔站在实验室大楼的入口处，一脸羞愧。

"他走了！"他气喘吁吁地说，"他走了！"这句话他气恼地重复了许多遍。他的右臂绵软无力地耷拉在身侧。要想弄明白他的意思，需要极大的耐心。

"我告诉他，他不能出去，这是命令。但他像一头野公牛一样大声嚷叫，想知道是谁的命令。我告诉他之后，他说我应该清楚他不会再听命于任何人了。我拦住他，他却抓住我的胳膊使劲地捏。我恐怕骨折了。后来，他叫上赫克托，穿过田野，往村子的方向去了。"

"哦，你的胳膊没问题，"多弗在检查后向米歇尔保证，"只是肱二头肌被捏得太狠了，这一两天会有点儿僵硬和疼痛，仅此而已。"

然后，他又对我说："走吧，咱们一定得找到他。"

跟着他到村子里去是件简单的事。我们走在大街上，邮局前的一群人引起了我们的注意，虽然我们到达时，高潮已经过去了，但我们很轻易就猜到了之前发生了什么。三个磨坊工人的斗牛犬和赫克托互相看不顺眼；由于赫克托在被注射淋巴混合物之后没能长出一副新牙，所以后来在战斗中它处于非常不利的形势。显然，拉思伯恩少校曾介入，企图把两只动物分开，但那些粗野的工人对此很不高兴。他看上去是个老绅士，蓄着一头雪白的头发，像家族里受人尊敬的长者，所以他们想跟他开点小玩笑。

"嘿，继续打。"其中一个魁梧的家伙说，他把少校推得连连后退，仿佛少校是个小男孩。

少校很有礼貌地抗议说那狗是他的，但他们把他当作一个笑话，压根不听他说什么。围观的都是些素质极低的人，他们密密匝匝地挤在一起。为了看这场战斗，我们费了好大劲才开辟出一条通道。

"喂，小家伙，"把拉思伯恩少校推回去的磨坊工人开始发号施令，"你不觉得你最好赶快回家找你妈咪去吗？像你这样的孩子不适合待在这里。"

少校本就是个战士。这时，他出手了。还没数到三，战斗就结束了：他先照着第一个恶棍的耳根下挥了一拳，又在第二个恶棍的下巴尖上轻轻一击，再在第三个恶棍的颈静脉上虚晃了一下，接着迅速挥出一记上勾拳，把这三个家伙打倒在街上的烂泥里。在这个意外能打的老头面前，人们急忙后退，许多人都在努力避免与他对上眼。

少校把狗拉开，站了起来，眼睛里闪着愉快的光芒，这使我们感到不安。我们以护理人员关心一名患者的态度接近他，但他的理智和镇定让我们大吃一惊。

"喂，"他高兴地说，"附近街角有个小酒馆——那儿有最好的黑麦威士忌——咳！"他意味深长地眨了眨眼睛，然后我们像战友一样挽着彼此的胳膊，分开目瞪口呆的人群，扬长而去。

从这一刻起，我们对他的控制就结束了。他一直是个习惯凡事自己做主的人，而从那时起，他证明了他有能力照顾好自己。他神秘的返老还童成了一个"九日奇迹"，但并非只有九天，因为奇迹还在一天天地延续。一个又一个清晨，人们看到他带着装满猎物的袋子和多弗的猎枪，穿过露水晶莹的田野，步行回家吃早饭。在过去的几年里，他一直热衷于骑马。一天下午，我们从城里回来，发现很多人围在围场的篱笆附近。仔细一看，少校正骑在一匹小马背上，那匹小马一直不服他。那是一场教科书式的精彩表演——他坐在那匹发狂的小马背上，一圈又一圈地猛冲，花白的头发和络腮胡在风中飞扬。最后那小马被他征服了。马童把它牵走的时候，它浑身发抖，像小猫一样可怜。后来，每天下午骑马成了他的习惯。有一天午后，他被一群骑术精湛的年轻人激起了斗志，他骑上他那匹高大的黑色成年公马，在这个平静小镇的大道上扬尘飞驰，那伙人根本追不上他。

总之，他又重新拾起了多年前丢掉的生活习惯。在政治方面，他是一个狂热的保守主义者，而糟糕的政治局势诱使他再次登上政治舞台。磨坊主和工人之间的危机正在逼近，一群善于制造混乱的"煽动者"悄悄混入了我们中间。少校不仅公开反对他们，还痛打了其中几个喜欢挑衅的领导者，让罢工刚开始就被扼杀，并在最为激动人心的竞选活动中一举拿下市长一职。他与对手所得的票数非常接近，这更说明了这场竞争的激烈。与此同时，他主持了几场充斥着愤怒情绪的群众大会，让整个社区高呼"古巴自由"，差点准备为解放古巴而游行。

他就像少年时期的宁录①一样，常常在乡下聚众闹事，还

---

①宁录（Nimrod），《圣经·创世记》中的人物。他好勇斗狠、性情暴躁。

用梭伦①似的智慧管理城镇事务。只要他像老战马一样对着敌人哼一声，胆敢反抗他的人就要遭殃。成功只会促使他的行动更积极；然而，若是这样的行为出现在一个年轻人身上，那还值得称赞，可出现在已是暮年的少校身上，这种行为就显得特别不协调、不妥当，以至于他的朋友和亲戚都大为震惊。多弗和我只能无助地揣着手，眼睁睁看着我们这个白发苍苍的"奇迹"做出种种滑稽事。

他的名声，或者按照我们的说法——他的恶名，已经传开了，我们这个选区甚至有传言说他会参加即将开始的国会选举。有些撰稿记者喜欢制造耸人听闻的新闻，他们在周日版报纸的专栏里对少校的所作所为和可怕的活力进行了失实的报道。如果不是少校亲自处理这件事，这些"低俗小报"的采访者会用他们持续不断的叫嚷声把我们逼疯的。有段时间，他习惯在早饭前赶走一个记者，可晚上回到家时，他还是得满足三四个人的采访需要。一群好奇心旺盛的消息贩子和学识渊博的教授突然来到我们这个安静的社区。来的还有戴眼镜的绅士，他们通常是光头，态度温文尔雅，属于某个委员会或代表团，要么只身前来，要么成双结对地来，总之是为了记录这一最吸引人眼球的事件。眼睛充血、长发的神秘主义狂热者和无数神秘学体系的信徒出没于我们的前门和后门，践踏花朵，直到园丁绝望地威胁要辞职，他们才有所

———————————
①梭伦（Solon），古希腊时期雅典城邦著名的改革家、政治家。

收敛。我真的相信，烧掉那些来路不明的信件所产生的能源可以节省百分之十的烧煤费用。

雪上加霜的是，听说美国对西班牙宣战，拉思伯恩少校立刻辞去了市长职务，向陆军部申请担任军官。考虑到他参加过内战和他目前的健康状况，他的申请很可能会得到批准。

"看来，在我们把这种返老还童的药献给这个世界之前，我们还必须找到一种解药——一种去势剂，可以减少返老还童后的躁动，你应该懂我的意思。"

尽管有些绝望和沮丧，但我们还是坐了下来，开始讨论这个难题，试图找到解决的办法。

"你知道，"多弗接着说，"让一个老人返老还童之后，我们就没什么能做的了。我们不能强行对他施加任何限制，也不能以任何方式减缓我们可能诱发的任何过度的年轻化进程。现在我认为，我们必须非常小心地管理我们的淋巴液；如果我们想要避免病人的各种荒谬行为，就必须非常小心。但这不是问题的关键。我们该拿麦克斯叔叔怎么办？我承认，除了通过陆军部拖延他的申请，我实在是束手无策了。"

此时此刻，多弗是如此无助，以至于我觉得我应该开展我考虑了一段时间的计划了。

"你之前说到解药……"我试探性地开了个头。

"我们知道这世上有这种解药、那种解药，用来解这个毒、治那个病。可如果一个婴儿喝了煤油，你会建议用什么解药？"

多弗摇摇头。

"虽然没有解药来对付这种紧急情况，但我们会认为这个婴儿一定会死吗？不会。我们会使用催吐剂。当然，在目前的情况下，催吐剂是行不通的。但是，对于怕老婆的人或者一个疑病症①患者，应该采取什么补救措施呢？显然解药和催吐剂都没用。那么，对于一个郁郁寡欢的疯子，你给他开什么药呢？"

"改变。"他立刻回答，"让他从自我和病态的沉思中解脱出来，要让他对生活产生新的兴趣，要给他提供生存的理由。"

"很好。"我高兴地继续说，"你应该注意到了，你开出了一种解药，真的解药，尽管它不是让人能实实在在地吃下去的药或医学意义上的药，而是既无形又抽象的药。现在，你能不能开出一种类似的药来治疗精神亢奋或体力过强的人？"

多弗一脸困惑，等着我继续说下去。

"你还记得壮士参孙②吗？还有腓力斯丁的美人达丽

---

①过度担忧个人健康问题，通常集中于某些特定的症状，比如心脏或者胃部不适。

②参孙（Samson），《圣经·士师记》中的人物，是拥有天生神力的战士和军事领袖。

拉①？你有没有领悟到《美女与野兽》的寓意？强者的力量被削弱，王朝由盛转衰，无数民族陷入内乱或者在内乱中得到拯救，全都是因为女人。难道你不知道？"

"这就是你的解药。"我谦虚地补充道。

"噢！"他的眼中一下子闪出希望的光，但立刻又被失望取代了，他伤心地摇了摇头，"可符合条件的人一个也没有。"

"在战争发生很久之前，少校还很年轻的时候，他有过一段风流韵事，你还记得吗？"

"你是说德博拉·弗布什小姐，你的黛比姨妈？"

"是的，我的黛比姨妈。你知道的，他们吵过一架，再也没有和好——"

"后来再也没说过话？"

"啊，其实他们后来说过话。返老还童之后，他定期去看望她，关心她的健康，一见到她就欣喜若狂。你看，她已经卧床一年了，上下楼都得让人背。完全是因为年纪大了，她才成了现在这样，并没有其他的毛病。"

"如果她恢复青春的话……"多弗突然开了窍。

"恢复青春！"我大声道，"我告诉你，哥们儿，她那是真正的衰老——世界上没有什么东西可以阻止，而她的心

---

①达丽拉（Delilah），腓力斯丁的一位少女，极其美丽。她用"美人计"迷倒参孙，使其失去神力，遭受厄运。

脏瓣膜已出现轻微衰弱。让少校的任命推迟几个月，然后马上开始在黛比姨妈身上做实验。怎么样？"

这个解决难题的办法不仅令我兴奋起来，也终于激起了多弗的热情。我们意识到需要抓紧时间赶快行动，于是立刻把实验室里的所有必需品都搬了出来，转移到了我家，而我家正好就在黛比姨妈家对面。

因为我们已对整个实验了如指掌，所以这一次的实验能够以最快的速度进行。但这件事是我们的秘密，拉思伯恩少校一点儿也不知道。我们开始实验的一个星期后，当少校像往常一样去拜访黛比姨妈时，她竟然从床上坐起来，向他伸出了手，这让弗布什一家人吃一惊。两个星期后，我们从我家磨坊的窗台上看到他们在花园里散步，并发现少校在举手投足间有了一种新的绅士风度。黛比姨妈逆时间的变化速度快得令人猝不及防。她变得一天比一天年轻，青春的玫瑰重新在她的脸颊上绽放，使她的皮肤拥有了我们能想象的最美丽的粉色和珍珠的光泽。

大约又过了十天，少校把车开到门口，带她出去兜风了。村子里的人议论纷纷！一个月后，少校对战争的兴趣减弱了，他拒绝了对他的任命。后来，这对年老的恋人勇敢地走进婚礼的殿堂，然后去度蜜月了。所有人都对此事议论不休，过了很长一段时间，舆论才渐渐平息。

我早就说过，这淋巴液是一个奇妙的发明。

（万洁 译）

杰克·伦敦是美国著名作家，被称为美国批判现实主义文学流派的先驱，声誉比肩海明威。虽然一生只活了40岁，但是他的著作颇丰，主要作品有：小说集《狼的儿子》，中篇小说《野性的呼唤》《热爱生命》《白牙》，长篇小说《海狼》《铁蹄》《马丁·伊登》等。在科幻小说领域，杰克·伦敦是一位重要的先驱，他的科幻故事始终充满对科学发展的设想，同时探讨人性，非常具有新意。

　　《返老还童》创作于1899年，讲述一位化学家发明了一种能使人和动物返老还童的淋巴液的故事。化学家多弗·沃林福德研制出一种沉甸甸、几乎无色的液体——淋巴液，它的作用是将矿物沉积物从骨骼中排出，再对肌肉组织进行渗透，使肌体恢复年轻时的弹性与健康。多弗用这种淋巴液在他老迈的纽芬兰犬身上做了实验，结果十六岁的老犬变得硕大又结实，像小狗一样活泼。接着他萌生在人身上做实验的想法，他的首个实验对象是自己的叔叔麦克斯，即拉思伯恩少校。然而重返青春的少校逃出了实验室，在社会上引发了一系列意外……

　　作家采用第一人称叙述，代入感十足；开篇点出主题，即科学能将"不太可能变成较为可能，让理想成为现实"，迅速激起读者的阅读兴趣；情节层层推进，文字间透着一种悬疑色彩；而少校走入社会的种种行为，淋漓尽致地展现出人性的善与恶、高尚与卑劣。

　　读完整个故事，我们在赞叹作家的精彩描写的同时又不禁掩卷沉思，想起文中的那句话："如果科学能使一代人的生命延长一年，那么也同样可以将他们的生命延长许多年，不是吗？"或许，人类长生不老的梦想在未来会成为现实。

心灵探测师

徐彦利

星际大战之前

K星人入侵地球的传闻甚嚣尘上。有人预言，他们的入侵日期是今年的10月15日，距离那一天还有半年多的时间。据说，届时整个K星的人都会被压缩成极小的微粒，一起乘坐一艘超大飞船离开K星，到地球后再舒展身体，恢复原形。还有人说，K星人会先派一些精英来了解地球的情况，制定好殖民政策后再大规模侵略。只有少数乐观的疯子说，没事，K星人是爱好和平的，他们只是因为自己的星球太拥挤了，来地球呼吸新鲜空气，玩够了就回去了。但是，这种自欺欺人的想法大多数人都不相信。一个科技比你先进很多、力量比你强大很多的星球，不欺负你也不奴役你，只是高高兴兴地陪你玩一阵？鬼才相信！

气氛变得越来越紧张，谁都想象不出该如何躲避即将到来的战争。对于普通人来说，无论逃到大洋洲还是北冰洋，都只是在地球上玩躲猫猫。面对K星人强大的武力，躲和不躲一个样，躲到这儿和躲到那儿也是一个样，所以干脆别躲了，爱怎么样就怎么样吧！

　　说起K星，简直就是一个令人难以置信的神话。以前K星和地球相距甚远，人们只把它当作一个天文数据记录在案。后来不知为什么，K星离地球越来越近，好像有一股强大的力量拽着它飞过来。尽管地球上的许多国家都在日夜不停地观测它，但是人们还是没搞明白到底是怎么回事，这超出了人们的科学认知范围，用已知的科学知识根本无法解释。

　　世界上人和人的想法从来都不会一样，你喜欢的可能是别人讨厌的；反过来，你讨厌的或许正是别人喜欢的。有的人就不怕K星人入侵，反而天天盼着他们到来，比如李小仙。她无父无母，无亲无故，每月到救济站排队领取生活费，数着几张可怜的钞票度日，穿最破的，吃最差的，忍受着周围的白眼，在贫困线上拼命挣扎。这样的日子真是受够了！

　　"来吧，K星人，欢迎你们的到来，无论生活变成什么样，至少会和现在不同。"她在心底默默祈祷。

　　如果说李小仙是因为穷而不在乎K星人的入侵，那么少年白浪却是因为富而满不在乎。从祖父那一辈开始，每年全球财富榜公布时，白氏家族总是稳稳地跻身前几十位。金碧辉煌的豪宅、世界顶级的跑车、各种名贵珠宝和古董奢侈品、前呼后拥的仆人、从头到脚的私人定制，这些都只是白浪日常生活的一部分。从小到大，无论他想要什么，几乎没有得不到的。

父亲是白氏家族的长子，承担着传宗接代的重任，但直到45岁他才有了白浪这个独生子，原本睿智的商业奇才被老来得子的喜悦冲昏了头脑，不知该怎么疼爱这个珍贵的小生命。产后不久，妻子过世，使他更加溺爱儿子，仿佛只有这样才对得起逝去的爱妻。满足儿子的一切需要成了这位父亲严守的原则，只要白浪说出"我想要……"，无论是17世纪的英国古堡还是菲律宾的浪漫蓝色小岛，无论是某地捕获的奇异抹香鲸还是毫无实际用处的拍卖品，父亲都会不遗余力地满足他。

"我想得到的就一定能得到，无论是什么。"这是白浪通过无数次验证后得出的结论。他身体羸弱，不喜欢上学、不锻炼、不吃苦，却有各种各样烧钱的爱好。他还有两个特点：一是胆小，尤其在晚上，无法缓解的恐惧足以使他放弃尊严，丧失理智，像一个没有缚鸡之力的婴儿；二是在下棋方面有些天分，对围棋无师自通，比起上学，他更爱去棋院。他只有在下棋的时候才会变得精神焕发，充满自信与难以形容的洒脱，浑身上下散发出某种独特的魅力。因此，父亲同意他辍学，每周几次到棋院学下棋。

白浪并不害怕K星人入侵。父亲曾向他透露，自己早已联合一些顶级富豪，共同出资建立了"外星移民筹备委员会"。委员会的任务就是帮助这些雇主移居月球。他们已事先在月球上建好了一个超大的封闭区域，模拟地球上的生态环境，连氧气都是充足的，人类迁移过去不会有任何不适。不过，现在财富还没有全部转移，等星际战争一打响，他们马上就可以溜之大吉了。任何时候，富人都比穷人更有应对战争的能力，因此，白浪有什么好怕的呢？

最近，父亲嘱咐他每天从棋院上完课后马上回家，不要东游西逛。K星人也许已经有了一些动作，比如前几天2000千米长的跨海大桥不知为何忽然垮塌。那桥可是无比结实啊！梅园附近还突然出现了半径10米左右的圆形塌陷，像一张黑洞洞、豁然张开的大口，地上几百株老梅树下沉得无影无踪。政府动用了多个部门合力查找原因，最终只能将其解释为地壳的不规则运动。于是谣言盛行，说K星人真的来了，这些现象都是他们给地球的警示，更大的威胁还在后面。

今天从棋院出来，白浪让司机先回家了，自己一个人步行回去。K星人说来不来，月球移民说走不走，眼下的情形就像摇摆不定的跷跷板，一边再加根稻草，另一边就会蓦然抬起。哎，要是真能见见K星人多好，他们喜欢下棋吗？下得好吗？和他们下自己能赢吗？

白浪胡乱地想着心事，利用这十几分钟的自由时间，慢慢地踱步回家。

三月的春风吹在脸上，清爽宜人。再往前1000米左右便是梅园了，那是本市最大的中心公园，但现在成了警戒区。

高高的挡板遮住了梅园春色，挡板后面就是那个令人心惊胆战又疑窦丛生的塌陷黑洞。现在的梅园几乎成了坟墓，任何人都远远地绕开，避之唯恐不及。

幸好，到梅园前的500米处就要拐弯了，能避开那个莫名其妙的大洞。白浪踢着一个易拉罐，叮叮当当地往前走。他的左侧是一个齐膝高的、柏树排列而成的小迷宫，是给孩子们玩的。节假日的时候，他们会在那儿大声呼喊、嬉闹，父母在外面笑眯眯地看着，等着孩子走错、倒回去、再走错，用他们的小脑瓜反复思考可以走通的路径，几经辗转后才走出来，然后张开双臂扑向父母的怀抱。

诡异的迷宫

白浪一边下意识地想穿过这个小小的迷宫，一边在脑子里回味着刚才对弈的得失。虽然他最终赢了，但中间犯了一个低级错误，简直不可原谅。他懊恼地想着，不经意间四下看了看，有个女孩离他仅几步之遥，在他身后百无聊赖地走着。

白浪继续向前走了一会儿，突然发现一个问题：这只是个七八圈侧柏围成的简单迷宫，再笨的小孩子花十几分钟也绕出去了，可是他好像已经走了二十多分钟，依旧没有找到出口。出路明明一眼就能看到，却怎么也走不到。他想抬腿直接跳过去，又觉得不甘心。难道自己真的走不出去？自己还不如那些懵懂的孩子？

快点，再快点！天越来越黑，白浪不由得加快了脚步。他的夜晚恐惧症快犯了，所以他的脚步越来越快，像竞走一样。但奇怪的是，侧柏似乎长高了很多，刚才还能迈过去，现在却与胸口齐平，而且再也不能透过稀疏的枝叶看到路与路之间是否相通了。眼下除了埋头往前走，别无他法。

他开始出汗，前胸后背已经有一小片濡湿，额前的头发紧紧贴在脑门上，手心也湿漉漉的。就在这时，街边的路灯、四周大厦窗里的灯、外墙上的霓虹灯，这个城市所有的灯都"啪"的一下灭了。黑暗瞬间占领了天地间所有的空隙，像一只凶猛的黑熊，喘着粗气，从头到脚紧紧抱住了他。白浪开始全身发抖，恐惧死死地扼住了他的咽喉。

这时，细碎的脚步声从他身后传来。

"啊！"白浪惊恐地叫了一声。

凄厉的叫声把后面的人吓了一跳。

"喊什么？吓死人了！"女孩怨怼道，但声音清脆悦耳。

白浪这才觉察到是刚刚看到的那个女孩，她和自己走进了同一条岔道。"你是谁？"他颤声问。

"我是李小仙。这儿的街区也像我们那儿一样每天都会停电吗？"听她的声音，好像一点儿也不害怕，只是有点儿烦躁。

白浪真想冲过去抓住她的手，舒缓一下紧绷的神经，不过最终还是把这个想法憋了回去。

"这迷宫好吓人，好像怎么也走不出去似的。"白浪瞪大眼睛看着女孩，希望她主动提出把他带出去，并且送他回家，那样他会把她当作一生的恩人。

李小仙却没有搭话，自顾自地走到白浪的前面，依然一门心思找着出路，完全没把他放在心上，也无意再和他说第二句话。

"等等我，等等我。"白浪紧紧跟着李小仙，差点伸手去抓她的衣襟。她仿佛是大海中漂浮的救命稻草，虽然不一定能帮到他，但到底让他看到了一线希望。

李小仙没有停步，也不回答，一个人兀自走着。两旁的侧柏似乎长得更高了，黑黢黢的，高过头顶，而且更加浓密，想钻过去都不可能。

"求求你，等等我。"

"啐！一个大男人，这么胆小。"李小仙鄙夷地瞥了一眼身后。独自生活的那几年里，她早就被各种恐惧、困难磨炼出一身铜打铁铸的胆量。一个人如果连死都不怕，还有什么好怕的呢？

白浪像个没有自理能力的儿童，忍受着女孩的轻蔑，依然紧跟其后。女孩的呵斥反倒让他有了某种安全感。他想，这个女孩既蛮横又莽撞，胆子很大的样子，跟着她一定没错。

两个人像无头苍蝇一样在迷宫里乱转，天已经完全黑下来，看不清路了，他们不得不放慢脚步。白浪感觉他们似乎不再是向前走，而是向下，越来越深，路也不再有拐角，而是窄窄地、笔直地通向地下深处。

"李小仙，求求你，等等我好吗？我……我有夜晚……恐惧症。"白浪费力地说出这句话，用哀告的口吻乞求着，向前面的女孩伸出手，整个人已经像落汤鸡一样湿透了，冷汗依然源源不断地从他身体里冒出来。

李小仙终于停住了，犹豫了一下，然后慢慢握住了白浪伸过来的手。

"别怕，有我呢！"她轻轻地说。多少个夜晚，她一个人在四处透风的救济房里彻夜无眠，脑海里幻化出无数的猛兽、鬼怪、精灵，折磨得她没有片刻安生，蒙在被子里吓出一身冷汗，但除了忍受还能有什么办法呢？终于有一天，她想通了：鬼怪也好，精灵也罢，来吧，把我带走，也许死比活着更好一些。这个念头出现后，她再也没有害怕过。无论是冬天呼啸的北风，还是各种来源不明的异响，她都不再害怕，安然睡去。眼前这个男孩简直就是几年前的自己。

她抓住那只手，发现对方手心里全是汗。

"别害怕，我们会走出去的。"不知为什么，她不自觉地安慰着这个初次见到的人。黑暗中，她看不清楚他的脸，只听到他颤抖的声音，整个人似乎都在瑟瑟发抖。

小小的迷宫十分诡异，好像有意引导两个人不断向深处走去。白浪回头看了一眼，想着如果走不通能否原路返回，却发现身后的路早已被茂密的侧柏挡得严严实实，厚而高的树像一面高不可攀的墙。

"一定是我的脑子里出现了幻觉。看到的、听到的都不是真的。"白浪的脑子里闪现着各种想法，手紧紧地攥着李小仙，几乎要把她的手捏碎。

"轻点，放心，我不会不管你的。"李小仙的手挣扎了一下，语气却十分温柔。人生第一次，有人向她伸出了求助之手。这世上竟然还有人需要她的帮助，真是不可思议。她是这个社会最底层的贫民，存在与不存在对谁都毫无影响，但这个人紧紧攥着她的手，让她感受到自己存在的价值，她决心无论如何也要保护好眼前这个胆小的男孩。

两人不知道走了多久，只知道往前走，不敢停下来，因为停下来会更害怕。四周死一样的寂静，整个城市没有声音，没有人影，没有风，天上没有月亮和星星。万事万物好像都不存在了，只有他们两人走在一条辨认不出方向的路上，初次见面却是彼此的依靠。

道路更加向下倾斜，他们像在下楼梯。白浪都快要精神崩溃了。汗水混着泪水不停地流淌，小腿开始抽筋、不住地颤抖，使他看起来像个癫痫病人。李小仙几乎在一步步拖着他走。

"你看！前面有灯光，我们快走出去了，加把劲！"李小仙看了看前方，惊喜地大喊。

白浪抬起头，睁大蒙眬的泪眼向前看去。的确，前面依稀有灯光，那光亮迅速向他们扩散。几秒钟后，他们已置身于一个明亮的大空间里了。

没有侧柏，也没有迷宫，眼前是一个极为宽敞的大厅，白亮亮的灯光刺得人睁不开眼睛。奇怪，好像来过这个地方。白浪稳了稳心神，灯光缓解了他的紧张，他在努力思索为什么会产生这种似曾相识的感觉。想起来了，这不是父亲的办公室吗？后面书架上摆着他送给父亲的蝴蝶标本——一只比成年人手掌还要大的蝴蝶镶嵌在玻璃镜框中，那是他旅行回来带给父亲的礼物啊！

宽大的办公桌后坐着一个二十几岁的年轻男子。男子皮肤白皙，说不上好看，但也不算难看，穿着现在年轻人流行的彩色嘻哈服，头发理成了一圈圈的麦田状，看不出表情，似乎他已在这儿等了很久。

"欢迎你们。"男子微微欠了欠身，没有站起来。他说话的腔调怪怪的，很像服务设备的电子声音，没有个性，没有感情，一字一顿，僵化生硬。

"你是谁？这是哪里？"李小仙一边问男子，一边打量着四周，并没有感到害怕。她松开了白浪的手，她的手已经被他握僵了。这还真是她人生中第一次这么长时间的牵手。

"抱歉，突然让你们来到这儿。自我介绍一下，我刚刚按你们地球的习惯给自己取了个名字，叫狄亚克，我来自K星。"

"K星？"李小仙和白浪对视了一下，掩饰不住内心的惊诧。传说中的K星人这么容易就见到了吗？没有疯狂的轰炸，没有瘟疫的蔓延，而是坐在白浪父亲的办公室里，客客气气地朝他俩打招呼。

"你们在想自己为什么会来到这儿，我究竟要干什么，对吗？"年轻人看出了他们的疑惑，从椅子上站起来。这时，两人才看到这个自称狄亚克的人身后竟长着一条奇怪的长尾巴。尾巴蜷曲成一团，显得粗壮而有力。

　　"请二位稍坐，要说明这一切得花上一点儿时间。"狄亚克向后靠了靠，使自己坐得更舒服些。

K星人的自述

　　我来自K星，那个星球很小，还没有地球的一半大，整个星球就是一个完整的国家。很久很久以前，K星是一个资源丰富、气候宜人的星球，动植物资源取之不尽、用之不竭。果树上结满沉甸甸的果实，土壤十分肥沃，庄稼几乎不用照料就能大丰收。海龟、鱼类等唾手可得，人们能在路边、田野、河边捕获这些东西。K星没有贫困人口，也没有食不果腹的情况。

　　人们不需要为生计奔波，可以抽出更多的时间搞发明研究，做自己喜欢的事。各类科学都有了极大的发展，医疗水平更是大幅度地提高，没有疾病能夺走人的生命，只有车祸、触电、谋杀等一些特殊致死原因。人们的寿命在不断延长，长得足以让你感到厌倦，几百岁的年龄简直让人活得有点生不如死。每当有人去世，亲朋好友都会聚在一起庆祝，因为去世的人终于不用日复一日地忍受单调、枯燥的生活了。

另外，我们在优生学领域获得了极大的成功。人的生育期被延长至两百多岁，人们可以根据自己的喜好决定孩子的性别和相貌，还能提高孩子的智商并让孩子避开各种遗传病。生下的孩子健康得像一块钢铁，不会受任何病魔侵袭。每年的死亡人数很少，却有大量新生命诞生。人们拼命享受着创造完美新生命的乐趣，每个家庭都有成百上千的人，完美儿童充斥着我们的星球。

这些人不会生病，身体结实，精神饱满，眼中闪着灿烂的光芒，20岁左右便进入生育年龄，一直到250岁左右，这期间能生多少人根本无法测算。没有贫困的威胁，人们放肆地生育后代，当意识到应该有所限制时，K星的人口总数已达到了它最大的承载能力。

到处都是人，无论是在公共场所还是私人领地。如果你看到整整一面山坡上都是大大小小的孩子，那可能只是某个家庭的集体春游而已。住宅无论多大都会被住满，没有哪个父母能记住自己所有的孩子。因为住宅面积有限，有些人选择住室外，在树上、草丛或路边过夜。无论你站在K星的哪个地方，举目望去，各个方向都是人。到处人山人海！任何一种交通工具都被塞得满满的，游泳池里人们摩肩接踵，把水面盖得严严实实。人多得让人喘不过气来，排队的时候脸会贴到别人脸上，即使半夜走在路上，也会三番五次被躺在路上的人绊倒。

由于放纵生育和缺少规划，K星变成了活生生的地狱。

最后，政府为了彻底解决这个难题，开始了几项强有力的举措。首先，全球无限期禁止任何人生育，所有人无论什么年龄和工种，都不得生育。其次，鼓励人们迁移到人迹罕至的偏远地区。这些人和他们的孩子将享受政府的各项优惠措施，包括获得越来越匮乏的食品。最后，寻找合适的星球，将一些人移民出去，缓解K星的压力。于是，我们找到了地球，它是已知唯一和K星生存环境相似的星球。

地球距离我们非常遥远，但幸好我们有超光速飞行器。政府按照自愿报名的原则，征集想要移民地球的人。没想到申请的人很多，远远超过政府的预估，因为大家已经受够了人挤人、人挨人的生活，一心希望到一个辽阔的空间自由呼吸，自由奔跑。

当这些人被送入飞行器中，舱门将要关闭时，忽然有一个孩子大声问："如果我们这些人死了，算不算为K星做了贡献？"

没有人回答，但许多送行的人都哭了，大家知道这个孩子说得没错。现在，死亡竟成了一种贡献，无论谁死都会为他人腾出更多的空间，让他人拥有更好的生活条件。但是，这些移民地球的人，包括他们的后代，都可能再也无法返回K星，这一别就是永远。

他们走了，带着对新生活的向往，把更多的空间留给了亲人和同胞。但是在对其后的跟踪探测中我们发现，他们出发后不久便遭受了一种高能粒子的辐射，所有人全部殒命，包括几十个随母亲一同前往的婴儿。他们在太空中消失得无影无踪，没有留下任何痕迹。

还要不要继续向地球移民，这是一个艰难的选择。移，也许会重蹈覆辙；不移，K星将继续面临人口爆炸的压力。许多社会问题已经无法解决，食物开始短缺，公共设施完全不够用，教育资源的缺口在90%以上，各种物资保障下降到史上最低水平。贫困人口比例则疯狂上升，许多人开始吃不到饭。

我的祖先中有一个452岁的老人，他是个一流的科学家，聪明睿智，德高望重。他发起了"深入地穴"的倡议。我们家乡有一处很大的盆地，里面密布树林、瀑布、溪流，被称为"地穴"。那里湿气太重，曾经有人试着下去生活，但没过多长时间就被迫上来了。所以，尽管地表已经拥挤不堪，地穴里却空无一人。

我的祖先号召超过400岁的老人自动迁居地穴，留出更多的生存空间给年轻人。他四处游说，宣传移民地穴，终于集齐了510名老人，在人山人海中挤出一条通道，来到地穴。他们恳求在附近居住的人能够通融一下，把悬崖腾出来，这样他们就可以顺着绳子滑下去。人们很配合，努力让出通道，悬崖下面也有人维持秩序，暂时让出一片宝贵的空间，于是这些老人默默地一个一个滑了下去。

刚开始到达地穴后他们很高兴，因为终于有了足够的空间散步、闲逛、休息，简直比在地表舒适多了。但没过几天，他们就发现自己要面对一个十分严峻的问题——一切都是湿的。衣服、食物、头发、生活用品等只过了一夜，表面就会凝结出水滴，微微一晃就能淌下来。东西在不断地发霉，人们簇拥在烘干设备周围享受难得的干燥，但烘干设备抽取的湿气又以水滴的形式聚存起来。

人们开始患风湿、感染、腹泻、皮肤病、食物中毒等各种疾病，但他们意志坚强，在地穴里死命忍耐着，没有一个人要求上去。人们还互相约定，无论年龄大小，所有进入地穴生活的人都不婚不育。为了驱赶潮湿，地表上的人为他们栽培出一种叫作"黑弹头"的新型蔬菜。它大约有地球人类的手指那么大，巨辣无比，即使只舔一下也会被辣得跳起来。据说这种东西可以祛除身体内的湿气，避免潮湿引发的各种疾病。成堆的"黑弹头"被送往地穴，人们像遇到了救兵一样拿起"黑弹头"又啃又咬，然后被辣得不停地跳啊跳，全身通红，牙齿打战。

"黑弹头"后来被证明在对抗潮湿方面有奇效，人们食用后，身体内部会散发出烈火般的热气，这些热气遇到厚重的湿气后变成阵阵白烟，人们不会再因为潮湿而轻易患病了。每天，地表都有人向下面的地穴张望，看见下面的人此起彼伏地跳着，就知道他们在吃"黑弹头"，然后白烟四起，简直成了一道奇特的风景。

政府授予这些祖先"杰出贡献勋章"，更多的人被送到地穴，有了"黑弹头"，连瀑布旁边都住满了人。但后来食用"黑弹头"的副作用也慢慢显现出来。它不仅使人皮肤通红，还使人变得越来越暴躁，几乎所有人都在寻衅滋事，哪怕别人只是看自己一眼，都要挥动拳头揍别人一顿。那些老人逐渐变得和年轻人一样鲁莽，动不动就打架斗殴、生死对决，乱成了一锅粥。

为了缓解他们暴躁的情绪，政府又向地穴投放了挨揍机器人，无论谁发脾气，都可以去暴打它们。机器人不但不反抗，还会发出各种极其逼真的求饶声。第一批挨揍机器人很快就报废了，因为常常挨打，且挨打得太厉害。人们呼吁赶紧投放第二批、第三批机器人，结果机器人投放得太多，废旧机器人堆得到处都是。总之，一个问题被解决后，马上就会出现另一个问题，困难层出不穷，令人头疼。

地穴是不能再去了，那么移民的情况又如何呢？一艘艘飞船出发了，像投入水中的石子，除了出发的一瞬间溅起一些水花，再也没有下落。我们一共发送了大约20艘飞行器，但没有一个人给K星回复哪怕一个字的信息。然而与"深入地穴"相比，这种形式的移民似乎更容易被接受，因为至少它能让人保留一点点希望。

其后的很多年里，因为严格控制出生人口，虽然星球人口慢慢老龄化，到处都是没有工作能力，甚至走都走不动的老年人，但社会问题减少了。长期以来的低出生率使人口大幅度减少，社会资源渐渐变得充裕起来。政府又发起"幸福计划"，统一配给食物和饮用水，人们变得越来越快乐了。

这时候，我们才有了继续发展科技的力量，在更先进的星际信息传递和探索中，我们发现了地球的变化。地球上满是生物活动的痕迹，同时我们还收到了智慧生物的信息回应。地球上的生命是若干年前我们移民的后代，还是本来就有的？

我们又派出一小队精英前往地球，了解地球生命的情况，但仅有一个人成功返回K星。他的表情很奇怪，那种表情从来没有在K星人的脸上出现过。他说，地球人无疑是我们的子孙，他们在很多方面沿用着K星人的习惯，比如语言文字、风俗习惯，但他们已经忘记从K星移民过去的历史；他们科技落后，生活艰辛，却拥有我们所没有的。和他们相比，我们的幸福是假的。

"我们的幸福是假的"是这个人留下的最后一句话，然后他就失踪了。谁也不知道他去了哪里，是生是死。总而言之，再也没人看到过他。

K星的情况大致说完了，下面讲讲我自己吧。我今年160岁，在地球上，这个年龄的人是没有的，但在K星，我正处于一个人在工作上的最佳时期。由于祖先的付出，我得到了政府的多方关照，20岁时幸运地成为星球的心灵探测师，到现在已经秘密为政府工作了近140年。这是一份十分有趣又能受到特殊优待的工作。我的任务是根据政府的指令去探测某些人的心理活动，被探测的对象往往是政府要员、统帅、科学家等，总之都是一些大人物。我在暗中定期探测他们的心理活动并及时向政府报告，比如他们是否对重大事件进行了隐瞒，在工作中是否夹杂了个人目的或获取了个人利益，有没有欺骗政府或钻法律的空子等。

我不知道K星有多少心灵探测师，因为这是机密，但我想应该不会太多。心灵探测师过多的话会使民众对政府产生怀疑，社会气氛会变得紧张。政府通过心灵探测师的汇报得知探测对象的心理情况，及时做出反应，或者直接把探测对象送入监狱。这是一份惩恶扬善的工作，能把罪恶扼杀在摇篮里，使星球的秩序得以维持。

我的工作极其保密，对任何人都只字不提，只向政府汇报。后来我想，政府让我做这项工作也许并不是出于对祖先的褒奖，而是因为我的身份特殊。毕竟我在K星没有任何亲人，没有家庭的牵绊，可以心无旁骛、一心一意地工作。我探测人的心灵，通过生物波解读人的每一个念头，如同他们肚子里的蛔虫。

但是这些年来，我在工作中发现一个越来越奇怪的现象：我探测的那些人的心理越来越简单，生物波几乎变成了直线，每个人都十分相似。在早期的探测中，几乎每个探测对象都会有私心、私利和许多埋在心底的秘密，但现在我能探测到的有效信息就像自己游上沙滩的鲸一样稀少。我不知道究竟哪儿出了问题，而自己可能因为经历了太多，也变得越来越麻木，连我的生物波也变得接近于一条直线。

来地球之前，政府派人告诉我，到地球探测是我最后一次任务，完成这次任务后，我将不再做心灵探测师的工作。这让我感到奇怪，我从未在工作中失误，所有任务都圆满完成了。K星难道不再需要人做这项工作了吗？是因为一切秩序井然，不需要再探测人的心理了吗？

来到地球后，通过样本数据分析，我确认了地球人是K星人的后裔，他们依然保留着K星的痕迹，比如词汇和语法、纪年方法和是非善恶的判断标准。还有一点是最重要的，K星人和地球人的身体完全一样，从身体构造到器官功能，皮肤、脂肪、肌肉、骨骼等的分布没有任何区别。无论我们距离多么遥远，处在多么不同的环境，地球人的身体依然保留着我们祖先的基因，一代代遗传下来。

出于职业习惯，我随机探测了几个地球人的生物波，意外发现他们的生物波竟比K星人复杂得多。如果说K星人的心灵是一条窄窄的水流，那么地球人的心灵就是波澜壮阔的大海。我们不是同宗同源吗？为什么会有这么大的差别？这究竟是什么造成的？不解开这个谜团我很不甘心。因此我想在地球上寻找合适的探测对象，通过生物波探测他们的内心世界，让我得以把地球人和K星人做最细致的对比。

心灵探测试验

"你是想让我们帮你寻找探测对象吗？"李小仙下意识地抱紧双臂，她非常害怕这个K星人知道自己在想什么，那就好像赤身裸体站在他面前，多害羞啊！

"差不多是这样，请先看看这个。"狄亚克变魔术似的把两个圆圆的、饼干大小的白色圆盘放到桌上。它们大约有1厘米厚，中间凹陷，四周有一圈小小的中空的黑点。

"这是两个小型探测器，请二位带在身上，当它发出蜂鸣声时，说明你们的生物波正在发生变化，这时请你们告诉我发生了什么、你们的心情如何，我的大探测器能读取到所有的数据。"

"你要拿我们做探测对象？"白浪问，他感觉这个K星人不怀好意，他是不是早就挖好了陷阱，等着自己和李小仙往里跳呢？

"因为你们并不反感K星，对我也没有恶意，我们的合作一定十分顺利。而且，我已绑定了声音接收对象，蜂鸣声除了我们三个，别人是听不到的。"狄亚克看上去态度真诚。

"生物波？那是什么东西？"李小仙喃喃地问，这样高深的字眼对于她这样一个没受过什么学校教育的人而言，实在难以理解。

"这个……解释起来有点儿困难。也许地球人并不会把它当作一个重要的身体参数，但作为K星的心灵探测师，我每天都在和生物波打交道，通过分析它获得生物体的意念信息。人体每时每刻都在发射生物波，情绪波动或遇到各种突发情况、重大事件时，生物波的频率和振幅就会产生剧烈的变化。前些天我去人口密集的超市，探测了一个老妇人的生物波，发现她的情绪大起大落，极其复杂。通过分析，我发现她是在思念去世的儿子，但还有许多波段根本无法解读。她呈现出K星人从未有过的形态，我用星球的语言根本无法形容，这让我感到十分奇怪。"

"你是想探测我们两个的生物波，由我们告诉你心理波动的原因，然后分析我们的心理，和K星人进行比对，是吗？"白浪大概明白了狄亚克的意思。

"对，完全正确。那么你们是否愿意帮忙呢？"狄亚克问。

"可以，不过我们有报酬吗？"白浪说到这儿，不经意地瞥了一下李小仙，后者正用敬佩的目光看着他。敢向外星人提条件，他还是刚刚那个有夜晚恐惧症的男孩吗？

"当然有，你们想要什么？"狄亚克声音平静，好像一点儿也不感到意外，一副泰然自若的样子。

"别的先不提，我们先下盘棋怎么样？"白浪笑着说。和外星人下棋，这不仅是他人生中的第一次，也是所有地球人的第一次。

对弈

人有无数个面目，美的、丑的，善的、恶的，在不同的环境和不同的人面前，它们就像万花筒一样组合出各种画面，让人觉得不可思议。此时的白浪像换了一个人，他微笑着，显得潇洒而自信，向狄亚克做了一个优雅的"请"的手势。

"无论如何想请您指教一下棋艺。"他客气地说，内心却没有把这个长着尾巴的外星人当回事。

"棋？我虽然复制了你们的语言系统，并把它植入到了自己的头脑中，但还是无法理解其中许多词语，尤其是那些表达心情的词语，因为K星没有与之对应的词。这个棋要怎么做？"

"不是做棋。来，我教你下棋的规则。"白浪一副以前辈自居的样子，一心等着狄亚克投降认输。他从父亲的书架上轻车熟路地找出棋盘、棋子，把它们摆到桌上。不知为什么，他感到那棋子轻飘飘的，完全没有重量，他像托着一片虚空一样把它们放到了桌上。

白浪开始教狄亚克下棋，他用两三句话大致说了下围棋的规则，狄亚克便示意可以开始了。

哼，心浮气躁，没有大将风度，有这样的棋品必输无疑。白浪心里暗想，他倒要好好领教一下K星人的棋艺。

然而还没下几步，白浪就发现自己大错特错了。狄亚克以一种非人的速度下着棋，几乎完全不用思考。每次白浪思忖再三放好一枚棋子后，狄亚克连想都不想地就放下了一枚，一秒钟都不停顿。而且他每次放的棋子都是最正确、最关键的。白浪思考的时候，他竟抽出时间来去看书橱里的书。

白浪下得越来越慢，狄亚克却始终保持着迅捷的下棋节奏，并且不断把棋盘上的死棋拿走，搅得白浪心神不宁。他在棋院中所学的稳健的棋路和高超的技巧都变得毫无用处。旁边的李小仙好奇地看着，虽然她不懂下棋，完全是个外行，但她也看出深思熟虑的白浪正被狄亚克步步紧逼，想都不想的狄亚克居然胜券在握。最后，白浪毫无悬念地输了，十分恼火。

"你刚刚还说不会下棋，骗人！"白浪十分不悦。狄亚克老实的外表与他狡诈的内心形成了鲜明的对比。他的水平别说是在棋院，就算放眼全国也没有对手。没有多年的临场经验，怎么可能如此游刃有余、举重若轻呢？

"抱歉，我的确不会下棋。不过按你所说的规则，每一步棋无非是各种先决条件下运算的结果，只要算对了就完全没有问题。"狄亚克语调平静，对于自己的胜利毫无感觉。

"但是人脑怎么可以想得那么快？而且你看上去完全不用思考，是立刻放下棋子的。"

"K星人与地球人不同的地方，就是我们每个人的大脑中都装有数学计算、逻辑推理、宇宙定位、温度感知等常用程序，也就是最普通的人机联合。我们从机器那里借用一些基本功能配备在自己身上，所以可以迅速计算好每一步棋，我只要用大脑读取就可以了。"

白浪惊讶得无以复加，他顶礼膜拜的高超棋艺，在狄亚克看来只是个不用动脑的小游戏，而他辛辛苦苦地学了好几年。

"也就是说，你的棋艺无人能及？"

"如果对手是地球人，我应该都能战胜，因为你们头脑中没有安装这样的程序。但如果让我和K星人对弈，就不会有输赢，因为双方的运算速度、运算方式一模一样，所以我们那里根本没有这种游戏。"

"看来随便一个K星人都能成为地球上的围棋冠军。"这一刻，白浪感到从未有过的失望，他为之奋斗多年的梦想变得一钱不值，曾经意气风发的自己变得可笑而滑稽。突然，白浪身上发出轻轻的蜂鸣声，短暂而急促。他找了找，发现是刚刚放进口袋的小型探测器发出的，上面的一圈黑点正闪着红光。狄亚克身后的尾巴也随之动了起来，左右摇摆着。

"我探测到你的生物波正在发生振幅很大的变化，请说出你现在的心情。"狄亚克说。

白浪愣了一下，难道狄亚克感受到了自己的失落？

"我学了这么多年围棋，却被你轻而易举地打败了，唉，我太失望了！"白浪沮丧地低头看着自己的脚，脚上沾满了穿越迷宫时踩到的泥。他在想，自己的人生真是滑稽，他付出所有去奋斗的梦想在别人那里一钱不值。

"噢，失望。原来地球人失望时会产生这样的生物波，有这么多规律的弧形凸起。"狄亚克闭上眼睛，好像正在脑海中看着白浪生物波的曲折变化。

"K星人很少失望，即使失望也是浅浅的，没有这么明显的曲线振荡，这条线真的很美。"狄亚克感叹道，像是发现了新大陆。接着，他用白浪和李小仙都听不懂的语言自言自语了一阵，直到蜂鸣声停止才慢慢睁开眼睛。

"我请求你们做的就是这样——当探测器响起时，马上告诉我发生了什么情况，你们的心情是怎样的。这样我就能迅速解读并分析变化的原因，找到地球人生物波变化的秘密。我会支付你们相应的报酬。"

"是不是我们提供的生物波越多，支付给我们的报酬就越多？"李小仙问。她从两人身上收回膜拜的目光，高深莫测的围棋对她来说是不可企及的。狄亚克会给什么样的报酬呢？能否帮她脱离贫困，让她过上普通人的生活，例如拥有正常的一日三餐，或者一间不漏雨的房子？

"是的，你们的生物波越强烈越好。我会按照生物波的强度支付相应的报酬。"狄亚克肯定地说，虽然他还不知道两个人会向他索要什么。

白浪站起来，转身看看李小仙，忽然产生了一个有趣的想法。

"有一个方法可以使我们的生物波起伏变大。如果你能把我们的身份互换一下，让她过我的生活，让我过她的生活，我保证我们俩的生物波每时每刻都像潮水一样大起大落，而且不会停息。"富家子笑着说出这个主意时，完全没有想到这会造成怎样的后果。

"这的确是一个好办法。"狄亚克的语气中虽然透着兴奋，但声音依然出奇地平静，让人觉得十分怪诞。

"互换身份？怎么可能？难道你的家人会把我错当成你吗？连男女都分不清吗？"李小仙咕哝了一句。她在想，别说互换身份，就算白浪只是到她住的地方看一看，都能吓晕过去。他家的宠物狗都比她住得好、吃得好吧！

"这不是问题，就这么决定了。"狄亚克面无表情地回答，看不出他在想什么。

龙钮印章

对弈过后白浪觉得很累，过度的专注耗尽了他的气力。他感觉自己像一片被捞到沙滩上的海带，萎缩成了干枯的一团。他想端起面前的水杯一饮而尽。奇怪的是，他的嘴唇并未感到水和杯子的存在，手抓住的是一片虚空，和刚才拿棋子的感觉一模一样。晶莹剔透的水在杯中荡漾，随着倾倒的动作一泻而下，像光线一样清清楚楚，只是没有任何触感和温度。

"抱歉，水和杯子都是虚构出来的，只是记忆的复现，我去拿真的水来。"狄亚克的用词无疑是在表达歉意，但表情又显得毫无歉意，他站起身来，拖着尾巴向书橱后面走去。

　　"虚构？复现？"李小仙回味着这两个词，试探性地去拿桌上的一个镀金计时器。不出所料，她的手指从计时器中穿了过去，感觉不到任何阻碍。什么样的魔术可以幻化出如此真实的东西和场景呢？简直就像神话。

　　两人感到好奇，就用手去摸墙壁、书橱和屋里的其他东西，看着手和身体依次穿过它们。这些实实在在摆在眼前的东西没有一点儿重量，这种感觉实在太奇妙了。他们不由得笑起来，相互嬉闹着。

　　狄亚克端着两个杯子走回来，看着两个孩子快乐地玩耍，他们身上的探测器发出的蜂鸣声交汇在一起。

　　"我在穿墙，我很快乐！"白浪大声说。

　　"我在穿书橱，我很快乐！"李小仙模仿着白浪的语调，在这虚拟的办公室中奔跑，享受着毫无阻碍的穿越游戏。

　　狄亚克坐下来，闭上眼睛，身后的尾巴摆来摆去，忙着接收信息。他面前出现了两条五光十色的生物波，它们飞快地向前延伸，像两条充满活力的鱼，一溜烟地奔向远方。

　　晚上7点钟，李小仙如约站在雨果大街13街区1号的门前。她的心"咚咚"地跳着，还没等蜂鸣声响起，就轻轻地说："我很紧张。"

这是富人区中的精英区，很好地诠释了什么叫"人间天堂"。这里有最高级、最豪华的大厦，有衣着整洁、全副武装的巡逻卫队，有怡人的绿植、花草和清澈见底的湖水。业主们坐着高档汽车进进出出。这些富人有着常人难以想象的高资产和高收入，这对一直生活在贫困线以下的李小仙来说，宛若天上的星辰，高不可攀。

　　虽然狄亚克反复向她保证，她的身份绝不会被识破，他已修改了相关人员的视觉和听觉，别人看到她就像看到白浪一样，但李小仙依然忐忑不安，担心自己会被揪出来并被痛打一顿。她想，她不应该相信狄亚克的无稽之谈，他说的那些可靠吗？

　　"少爷，您回来了？"李小仙还没按门铃，两个白衣女仆就赶了过来，温柔地打着招呼。少爷？难道她们没看出我是个衣衫褴褛、浑身上下都脏兮兮的穷女孩吗？她的右手死命抓着左手的袖口，那里有一个破洞，一旦暴露，她的自尊心也会受损。

　　两个女仆没有察觉到任何异样，热情地打开大门，向她鞠躬行礼。一个衣着笔挺、彬彬有礼的男仆从高高的台阶上走下来，他身后是一片黄灿灿的灯光。

　　李小仙走在亮得炫目的台阶上，墙面、地面、桌面、灯池都散发着宝石一样的光泽，璀璨绚丽，看上去好不真实。接着，又有几个仆人跟了过来，簇拥着手足无措的李小仙向前走。

"少爷，您订的印章到了。"一个仆人倾着身子说，他的领结颜色和别的男仆不同，职位应该更高一些。

"什么印章？"李小仙小声嘟囔，但仆人显然并未注意。

"就是那枚康熙御制龙钮印章，您让属下到拍卖会出高价买下的，这是收据。"仆人从口袋里拿出一张盖着深红色印章的纸条递到李小仙面前。

李小仙看到价格一栏有一串长长的数字，像一条游动着的鳗鱼。这是多少钱？她人生的十几年里，别说亲眼见到这么多钱，就是代表这么多钱的数字都没有见过。当她被仆人带到收藏室去检验那枚印章时，她看到了更奢侈的藏品，比那串数字更让她惊叹。

陨石标本、绿松石打磨的棋子、巨大的不知是什么动物的牙齿、火烈鸟羽毛做成的大扇子、五色的狮子鱼标本、巧夺天工的鸵鸟蛋雕刻工艺品、龟壳磨成的帽子、各色宝石拼成的小丑头像……还有好多她叫不上名字的东西，它们骄傲地待在橱窗里，彰显着主人的尊贵和财富。

蜂鸣器响了，她知道自己的情绪有了很大的波动。

"人原来可以这么富有，可以任性地买这么多没用的东西，我好羡慕……"过了一会儿，她又慢悠悠地补充了一句，"也许还有些嫉妒，同样是人，为什么我……"

当她终于看到那枚价格奇高的印章时，她发现它只有2立方厘米大，由玉石制成，由于年代久远，显得十分古旧，上面刻了几个弯弯曲曲的、她不认识的字。

"少爷，拍卖会上有几个人想和我们竞争，价格被抬得很高。但我们牢记着您的话，无论如何也要拍到手，现在您可以用它在您的棋谱上盖章了。"仆人讨好地笑着，一副献媚的嘴脸。

他花那么多钱买这个印章，原来只是为了在棋谱上盖章！李小仙感慨道。几百年前，那个叱咤风云的皇帝曾将这枚印章端端正正地置于案头，在公文上小心地签字并盖章，用来发动或停止战争、赈济灾民或增加税务，而今天，它却沦落为一个富家子弟的玩物，被这样随随便便地放在个人收藏室里。

她哽咽了，想起自己经历的种种艰辛，两滴眼泪不知不觉滑到腮边。这时，蜂鸣声再次响起，但她什么也没说，因为没有词语可以描述她现在的心情。委屈？仇恨？自怨自艾？此时此刻，她竟完全不了解自己。

她用破旧的袖口擦了擦眼泪。贫穷困苦、没有见识、自惭形秽、没有未来，这些自我否定的字眼像刀子一样不停地刺痛着她。

不管李小仙此刻的心情如何，瘦弱单薄、怯生生的她已经一脚踏入富家子白浪的生活。家人和仆人都没有觉察到她营养不良的身体和蜡黄的脸，他们对她或溺爱或尊敬，将她完全当作白浪本人。狄亚克对人们视觉和听觉的修改也太神奇了！

讨饭的富家子

当可怜的李小仙经历着各种情绪波动时，富家子白浪也遭受着前所未有的考验。他没想到自己为狄亚克出的主意竟让自己置身于无比凄惨的境地。

白浪按照李小仙提供的地址来到她家，立刻被眼前的景象吓到了。一片低矮、阴暗、破旧的建筑中，一所房子颤颤巍巍地立于一片瓦砾和垃圾之中，随时都有倒塌的危险。随风而起的灰尘和破碎的塑料布四下飞舞，有洁癖的白浪忍不住捂紧了口鼻。

"这也太脏了！太恶心了！我们国家竟然还有这样的地方，这让人怎么住啊？"他自言自语着，久久不愿走进屋里。

天渐渐暗了下来，一个路过的老爷爷好心提醒他："小姑娘，天黑了，快回家吧。这里治安不好，小心流氓。"

难道这老人家眼睛有问题吗？竟然看不出我是男的。白浪想到这里，马上想起了狄亚克说的视觉和听觉修改。这真有趣。如果能把别人眼中的自己修改成女孩，那么当然也能修改成狮子、老虎、大楼或者云彩，那岂不是像孙悟空一样能七十二变吗？如果能跟狄亚克学到这种幻术该多好。

白浪胡思乱想了一通，最后还是硬着头皮打开锁，走了进去。里面黑洞洞的，灯光昏黄暗淡，破败简陋的程度和屋外的垃圾堆没太大的区别。屋内有一张窄而硬的单人床，一张旧得掉漆的桌子，一把缺腿的椅子。桌上零零散散地放着一些日常用品。一个不锈钢盆里放着一块可疑的干面包，此外没有任何食物。角落里还有几张蜘蛛网，感觉它们才是这里的主人。

好饿呀！要是能有点儿吃的就好了。虽然床很脏，但他可以勉强闭着眼睛躺上去，熬过这一夜。但是他太饿了，这么饿着是睡不着的，哪怕有碗粥也行啊！

白浪站在屋中央犹豫着，他不敢坐上那把缺腿的椅子，怕它突然会折断；也不敢吃那块干面包，天知道它已经放了多长时间，吃下去会不会闹肚子。

"不行，我要出去找东西吃，我快饿死了。"他转身重新回到街上。

白浪身无分文。他出门从来不带钱，任何消费都由司机、保姆、保镖等支付，他只要动动嘴就行了。

我要向别人讨饭吗？向谁讨？怎么讨？怎么张口？说什么？他们会不会笑我？白浪心中涌起一个接一个的问题，像此起彼伏的海浪一样不断涌上来，却没有一个可以得到答案。

前面远远走来一高一矮两个孩子，他们衣衫褴褛，脸上脏兮兮的，手上似乎拎着什么。对，向小孩子讨点儿吃的吧！他们或许比大人好说话，而且在他们面前，自己也不会太难为情。白浪咽了口唾沫，饥饿使他完全变了一个人。他冲到两个孩子面前。

"你们有吃的吗？能不能给我一点儿？我好饿。"刚刚还在想怎么乞讨，现在话竟已脱口而出，而且说得这么流畅自然。

"小仙姐姐，是你啊！我们今天去救济站领了下星期的面包，你还没去领吗？来，给你一个。"比较小的孩子把手伸到大孩子提的塑料袋里摸索，一会儿便掏出一个椭圆形的面包，高高举到白浪面前。大孩子并没有阻止他，反而打开塑料袋让他拿。看得出，他们认识小仙，并且和她关系很好。

白浪的喉咙忽然一阵难受，好像被什么东西堵住了。这两个孩子似乎也是无父无母的流浪儿，他们连自己的生活都成问题，却还这么大方地给了自己一个新鲜的面包。他反复地道着谢，转身拿着面包回到屋里，此时蜂鸣器大声地响起来。

"狄亚克，我好像有一些感动。我从来不知道一个面包的分量有这么重。如果我只有几个面包，可能一个也舍不得送给别人。"白浪像在对探测器说，也像在对自己说。

白浪狼吞虎咽地吃完面包，但依然很饿，瘪瘪的胃不停地用咕噜声提出抗议，但他已经没有了再出门的勇气。外面太黑了，他害怕一脚踏入那恐怖的深渊，不能自拔。面包在胃里静静地膨胀、被消化液包围、研磨，安静地将些微的营养输送到全身，最低级的食物给了他最真实的温暖。十几年来吃过的山珍海味一下子都想不起来了，脑海里只有这个面包。

昏黄的灯光闪了几下，然后"啪"的一下熄灭了。天哪！停电！这简直是晴天霹雳。他最担心、最害怕的事情还是发生了。黑暗霎时狞笑着从四面八方飞奔出来，幻化成各种妖魔鬼怪在他面前起舞，张开血盆大口吞噬他的身体，各种诡异的嗤笑声、叹息声、呐喊声从窗户的缝隙钻进来，直扑向他。他蜷缩成一团，在床上瑟瑟发抖，双手死死拉着被角盖住脑袋。这时，激烈的、不间断的蜂鸣声又响了起来。

"狄亚克，我好害怕，这样的晚上，没有灯光，没有人，只有我自己，到处是妖魔鬼怪，它们在我周围跳舞、说笑，快来救救我，求求你救救我……"白浪一边哭一边说，长长的呜咽声很快就代替了哽咽的诉说声。

没有人知道白浪度过了一个怎样的夜晚。眼泪、没完没了的诉说、反复响起的蜂鸣声，这一切直到他又困又累，不知不觉睡着后才告一段落。地球上的每个夜晚都是相同的，但是每个人怎样度过却很不同。有人酣然入梦，有人焦虑不堪，有人在黑暗中疾走，还有人命悬一线。

重回棋院

第二天，白浪醒得很晚。他实在太累了，一个人度过了一个伸手不见五指的夜晚，被恐惧折磨得丧失理智。早上醒来，他揉着肿痛的双眼，心里只有一个念头——回家！马上回家！让狄亚克和他的试验见鬼去吧！他要坐到铺着雪白台布的餐桌前，享受甜美可口的浓汤、新鲜的奶酪、鱼子酱、花样甜点、用各种烹调手法制作的蔬菜和嫩嫩的牛肉，饭后还要来一杯浓浓的咖啡，不，两杯，不，三杯，总之，一定要吃够、喝够！

他掀开破被子，整了整衣服，门也没锁就走了出去。这样的房间小偷都懒得光顾，没必要上锁。他逃也似的离开这破败的贫民窟，向着梅园附近奔去。有些事情下再大决心都无法忍受，比如贫穷。他以为互换身份会很好玩，现在看来是非常愚蠢的想法。

当他气喘吁吁、又累又饿地出现在自家小区门口时，两个保安走了上来。

"喂，马上离开，这不是你该来的地方。"他们衣着整洁，装备精良，像两座威武的铁塔。

"我家在这里，为什么不能进？"白浪有点气急败坏。

"小姑娘，趁我们好好说话的时候赶快离开。如果让业主们看到，他们会直接报警的。"其中一个保安皱着眉头，撇撇嘴看看白浪，他不明白这脏兮兮、瘦弱的小女孩哪儿来的胆量走进这个小区。

"你们这些笨蛋！我是白浪！白庆余的儿子！我住在这里！我要回家！"白浪暴跳如雷，声嘶力竭。每次出入小区门口，这些保安无不脱帽致意，向他表示最大的尊敬，但现在他们却像两条恶狗一般赶他走。

"穷鬼，下辈子投胎成富人再进吧！"另一个保安早已不耐烦，恶狠狠地说道。

两个保安一左一右架着白浪，走了将近100米远，把他扔进了路边的草丛。

"真看不出，这么个小不点，还挺沉的。"其中一个保安嘟嘟囔囔地发着牢骚。

我回不了家了？！白浪这下真的恐慌起来。他忽然想到，他们并没有和狄亚克约定结束的时间。这个游戏什么时候才能结束？难道我要一直当李小仙吗？不行，我要去找狄亚克，告诉他老子不干了。

白浪急匆匆地来到那个公园，找到孩子们玩耍的小迷宫，走了进去，渴望重新见到狄亚克。但是不管他怎么走，这都只是一个简单的小迷宫而已，只花几分钟就能走出去。他越走越急，满头大汗地撞来撞去。一个半小时后，他终于死心了。迷宫只是迷宫，根本无法让他找到狄亚克，这该死的K星人也许正得意洋洋地读取着自己的生物波呢！

"狄亚克，我恨死你了！"他冲着发出蜂鸣声的探测器喊着，使出最大的力气把它远远地抛了出去。但是，几分钟后他又想到，这是他与狄亚克联系的唯一途径。如果没了探测器，或试验没有完成，那么他可能再也见不到狄亚克了，狄亚克做的视觉和听觉修改会一直持续下去，他的真实身份也无法恢复。再三思索后，他又悻悻地把探测器找了回来，小心地装在口袋里。

我要活下去，无论如何都不能饿死！白浪在心里默默地想。活着是所有生物的本能，无论富贵还是贫穷，无论年龄大小。

白浪开始了他的另一种人生。他不得不把自己想象成一个真正的穷孩子：到救济站排队领面包，忍受工作人员的呵斥；到超市试吃各种食物，遭到白眼后溜之大吉；到小吃店应聘派送员，却因身材矮小、看上去像童工而遭到拒绝……他发现了这个世界的残忍，像李小仙这样的女孩活在这个世上太不容易了。

白浪几乎每天都会在棋院外徘徊一阵，他曾经每周都会来一次，现在这里却成了他可望而不可即的高档场所。

"小姑娘，你为什么每天都来这儿呀？"一位老者几次在门口看到白浪后终于忍不住问。老者想，这女孩衣服破旧，可怜兮兮的，眼睛里却闪烁着某种急切的渴望。

"老先生，我想下棋。"白浪说。他认识老者，这位是棋院的牙坦院长，棋艺高超，曾指导过他无数次。而现在，在狄亚克的鬼把戏下，他在牙坦院长眼中变成了李小仙的模样。

"噢，你会下棋吗？"牙坦院长对白浪表现出极大的兴趣。

"会一点点。"白浪嗫嚅着，不知该怎么说。

"好，那过来试一试吧。"老院长今天似乎格外高兴，他把白浪带到二楼的小会客厅，摆开棋盘要和他杀一局。

一定要赢，一定要赢！白浪在心底给自己加油。他曾侥幸赢过一次老院长，这次他要倾全力取胜，因为这个对弈的机会太难得了。

开局几分钟后，老院长惊讶地发现，眼前这个瘦巴巴的小女孩棋风老辣，稳扎稳打，举手投足间竟有罕见的国手风度，如果加以培养，将来一定大有所成。

老院长的欣喜之情油然而生，棋还没有下完就对白浪说："孩子，你愿意来棋院吗？我们可以提供免费的吃住。你在这里好好学习，将来一定前途无量。"

"真的吗？我真的可以来吗？"白浪不敢相信自己的耳朵。这是他化身李小仙以后听到的第一个好消息，它将从根本上改变自己的生活。

白浪作为李小仙来到了棋院。他终于摆脱了地狱一样的破烂房子和朝不保夕的生活，全身心地投入到围棋学习之中。他无比珍惜眼前的生活，每一节课、每一次对弈都全力以赴，并且开始仔细琢磨狄亚克所说的人机联合的计算方法。生活中，他变得俭朴，不再浪费，好好吃完每一碗饭，不剩一粒米。他开始变得勤快，抢着收拾棋盘、清扫教室；也变得更加宽容，与这里的每个人友好相处，甚至连从前对他的飞扬跋扈无比厌恶的人都开始喜欢他了。

他感到了十几年来作为富家子弟从未感受过的快乐。原来尊重别人、遵守秩序、生活俭朴都是令人高兴的事；原来把教室打扫干净就可以令人满足；原来普通的饭食也很好吃，当你饿了，舌尖就能感受到每一粒米饭中蕴含的阳光的味道，那种滋味令人陶醉。而这些，他以前从不知晓。

"狄亚克，我现在竟然有点高兴……"晚上他躺在床上，对着枕边的探测器低声说，探测器并没有响。

偷来的生活

世间的事总是错综复杂、充满矛盾。有人回家，就有人准备出发；有人享受春花秋月，就有人承受雨雪风霜。就在白浪努力适应穷人生活的时候，李小仙也渐渐习惯了富人挥金如土的生活，甚至深深地爱上了这偷来的生活。李小仙觉得，如果这世上真的有天堂，那一定是她现在生活的地方。

白浪的生活水平远远超出了李小仙这个穷孩子的想象。只要她愿意，每天都可以吃到从美国阿拉斯加州空运来的鲑鱼、芬兰厨师最拿手的炖鹿肉、产自意大利西西里岛的柠檬……她穿着私家设计师设计的衣服，坐着豪华跑车或私人飞机到任何想去的地方；男仆、女仆、保镖、司机无不对她毕恭毕敬，一声吩咐就可以让他们做任何事。一个人竟然可以自由支配这么多钱，而且从来没有人追问她这些钱都花到哪里去了。她可以眉头都不皱一下地拿着大笔的钱去做慈善，也可以让人从银行提出大捆大捆的现金摆在眼前，慢慢地抚摸欣赏。这一切在几天前还像梦一样遥不可及。

昨天，父亲难得从公司回来，和她一起吃晚饭，谈到移民月球的计划。她的心里猛然升起一个邪恶的念头：如果能移民月球就太好了，这样一来就再也没有人会发现自己的真实身份，狄亚克也好，白浪也好，都会远远地离开她的生活，眼前这荣华富贵就永远属于自己了，那该是多么美妙的事！她开始专心致志地思索如何才能达到这个目的。

李小仙先不声不响地处理掉了探测器。狄亚克可以通过探测器随时知道她的情况，扔掉它就等于彻底斩断了她和狄亚克的联系。为了不留后患，她找了个机会，在白浪家的花园里挖了个深深的坑，把探测器埋了进去。什么生物波，什么试验，统统见鬼去吧！世间的一切都敌不过丰衣足食的诱惑，只有这才是最真实、最可靠的。偶尔她会想起白浪，不知那个可怜虫现在是什么样子，应该是吃不饱、穿不暖，品尝了她经历过的那些痛苦，呵呵，一定够他呛的。她的心里隐隐升起一股歉意，但很快又被恶意压了下去，这既然是他的提议，那他就应该承担后果。

　　每当她坐车在街上转的时候，看着窗外的风景，她都会浮想联翩。她曾仰望过高档私人会所所在的高楼，因为衣着破旧、穷困潦倒，连进去看一眼的念头都不敢有。她曾羡慕在梅河里游泳的人们身上穿的漂亮泳衣，现在看来，那些只不过是普通人，有钱人谁会去河里游泳呢？和自己家的私人游泳馆相比，那根本就是一个简陋的公共浴池。她曾嫉妒那些在草坪上嬉闹打滚的孩子，他们有父母呵护，而现在，富豪父亲的爱比他们所有父母的爱加起来还要多。

　　一次，她经过自己原先住过的贫民窟，特意让司机停下来："我要去那儿看一看。"

　　走过一片狼藉的瓦砾，绕过几道颓败的土墙，她站在自己曾每天经过的小路上，眼前浮现出一个单薄瘦弱的身影，扛着一把从垃圾堆里捡来的椅子往回走。

"放心，我不会再让你过那样的日子了。"她对那个身影说，泪水模糊了视线。

回去时，她看到了几个昔日的玩伴，他们还是老样子，浑身上下脏兮兮的，在一起嬉闹着。她摸了摸衣袋里崭新的纸币，犹豫了一下，终于还是抽出手，低着头走开了。不能搭理他们，否则可能会惹上麻烦。

路过棋院时，李小仙透过车窗，发现门口的海报上赫然出现了自己的名字："巅峰对决：李小仙vs藤原敬二"。

怎么回事？我的名字怎么会出现在这儿？她想下车一探究竟。两个工人正在看板上张贴新的海报，那是棋院的招生信息。

"这个巅峰对决是怎么回事？"李小仙问。

两个工人抬头看了看眼前衣着华贵的少年。

"你不知道吗？我们这儿新出了一个围棋天才李小仙，今天要挑战从日本专程赶来的九段国手。票可能已经卖完了，你要是想看，赶紧问问有没有人转手吧。"

一定是白浪！他竟然又回到了棋院，而且还要和日本高手对决，看来他还是迷恋着围棋。李小仙在反复思量要不要去现场看看。她很想知道白浪现在的处境，但又害怕暴露身份。她在棋院门口的树林里走来走去。最终，她从别人手中买了十倍于原价的票，并在附近的商店买了一套中性的服装和一顶帽子，把帽子深深地扣在头上，走进了棋院的赛馆。

赛馆不大，却座无虚席。台上已摆好了对弈的用具，高分辨率的大屏幕上是棋盘和两个深红色的木质棋盒。一些工作人员和记者匆匆忙忙地走来走去，调试设备，低声交谈。十几分钟后，西装革履的主持人面带微笑地走到台上。

"比赛正式开始！下面有请日本国手藤原敬二九段。"一个同样西装革履、文质彬彬的中年男子走上台来对着观众席深深鞠了一躬。

"接着有请围棋天才李小仙九段。"观众席爆发出热烈的掌声，许多人早已听过这个名字。

李小仙看到白浪轻快地走上台来。他微笑着，显得潇洒、儒雅，像是坐在南瓜车上去接灰姑娘的王子，自信、从容，一团说不清、道不明的魅力之光笼罩着他。

"这小姑娘可厉害了，简直是横空出世，出道以来没遇到过对手，今天这场比赛肯定很精彩。"旁边坐着的人兴奋地交谈着。

观众眼中的白浪是她的模样。这时，李小仙才意识到，她单方面的逃脱并没有终结试验，心灵探测依然在继续。

重聚

"李小仙九段今年十八岁，来棋院学习刚满三个月，是罕见的围棋天才。她曾以新人身份挑战过俄、日、韩几国的国手，并以不可思议的速度斩获一系列升段比赛，谱写了围棋界的晋级神话……"台上的主持人正在介绍选手的背景。

李小仙对围棋丝毫不感兴趣，不明白那些棋子的含义。由于隔得远，她看不清白浪脸上的表情，但大屏幕上那只细嫩漂亮的手显示了他的真实身份。他没有受过苦，没有经历过任何劳作，皮肤白皙细腻，手指柔嫩修长，跟女孩的手没有两样。而她自己的手却干枯皴裂、粗糙僵硬，完全见不得人，那是她天天翻垃圾的缘故。她的视觉和听觉没有被狄亚克修改，所以能看到白浪身上每一个真实的细节。白浪应该也能看到自己吧。她使劲向下拉了拉帽檐。不知道狄亚克用了什么魔术，这么多天以来，竟然没有人看出任何破绽。看来人类的眼睛和耳朵都是不可信的，可以颠倒黑白，蒙蔽自己。

她很快在对弈直播中发现了一个奇特的现象。白浪下围棋的方法很像那晚的狄亚克，态度看似轻率，速度飞快，几乎不加考虑，举棋、落子、再举、再落，和对方的反复思考相比，如同猎豹在和乌龟赛跑。

"李小仙真是罕见的奇才，在对方落子后几乎不用思考就能马上判断出最有利的棋位。国际围棋比赛中有30秒一手的快棋下法，但李小仙九段远远超过这个速度，简直不到一秒一手。"主持人口若悬河地向观众介绍着。

李小仙有点头晕，搞不清自己现在的感觉。羡慕白浪的才能？嫉妒他总能过得很好？还是看到他没有受苦感到一些安慰？不知道。总而言之，她现在的心情很复杂，如果现在探测器在身边，一定会叫个不停。她决心离开赛馆，白浪的赢和输都跟她没关系，在他发现自己之前还是溜掉为好。她猫着腰从座位上站起来，帽檐遮住了眼睛，她几乎看不到前面。

"您要去洗手间吗？请跟我来。"一名工作人员礼貌地走过来，引导她出去。

跟着工作人员走过一段曲曲折折的长廊，她以为能找到出去的路，没想到长廊很长，走了10分钟还没到尽头。棋院这样设计是在考验人的耐心吗？她不耐烦地想着，加快了脚步。

这一定是人类历史上最长的长廊！奇怪，棋院并没有这么大吧！怎么会有这么长的长廊？她开始疑惑起来。某种似曾相识的感觉在头脑中猛地一闪，梅园附近那个迷宫梦魇般地出现在脑海里。是狄亚克，他在找我！

李小仙打了个冷战，停住脚步。不走了，翻墙逃跑吧！她要回家，回到自己皇宫般的家里，那里有温暖洁净的大床、各种好吃的和好玩的。她试着攀上墙，手指伸进砖缝中，脚使劲抬起来，结果"啪"的一声仰面朝天摔在地上。这墙是狄亚克虚构出来的吗？难道她也被做了视觉修改？如果是虚构的，应该可以穿越。她猛地跑向砖墙，希望能像先前穿过书橱一样穿过去，却"咚"的一声被弹回来，额头上一缕鲜血流了下来。这是真墙！

李小仙爬起来，眼泪涌了出来。她绝望地想，自己始终只是一只风筝，控制她的线攥在别人手中。她抹着眼泪向前走，这条怎么走也走不完的长廊和那个小迷宫一样，都是通往梅园那个黑洞的吧！

不出所料，她终于看到了那个大而明亮的办公室，陌生而熟悉，恍如隔世。桌上摆了一大束鲜花，狄亚克和白浪正在愉快地聊着什么，好像是白浪下棋赢了。白浪竟然比她还先到达，她在长廊上耽误了多久？

"欢迎，等你很久了。"狄亚克先看到了李小仙，平静地打着招呼。

李小仙很难为情，想起上次和白浪一起穿过迷宫后在这里又笑又闹的场景。现在，她不仅偷了他的生活，还把探测器埋了，辜负了狄亚克对她的信任。她怎么变成了这样一个自私自利的人呢？

"多谢二位，我们的试验终于圆满结束了。"狄亚克的措辞是正面的，但语调冷冰冰的，是那种电子声音的腔调。

"可是，我……我……"李小仙很想说自己埋掉了探测器，没有给他提供任何数据。

狄亚克似乎看出了她的想法。"没关系，探测器已经和你的身体关联在了一起，即使不戴在身上也能探测到你的生物波，而且……"狄亚克顿了一下，"其实我一直在周围观察你们两个的日常生活，差不多了解了所有的情况。"

"李小仙，你好。你在我家住得还习惯吗？"白浪关切地问。他看上去没有一丝敌意，反而十分亲切。

"谢谢，很好。你呢？"李小仙愈发羞愧，她感到自己最隐秘、最肮脏的一面已然公之于众。

"怎么说呢？刚开始变成你时十分难过，每一分每一秒都在煎熬，但是后来我体验到了前所未有的快乐。我想，这可能就是'无心插柳柳成荫'吧！"白浪回答。

"那么，我们就要换回来了吗？"李小仙声音很低，低得连自己都快听不见了。

白浪并未听清她说了什么，只顾着对狄亚克说："能告诉我们试验的结果吗？要知道我们为此付出了太多。"

"好的，我不仅会告诉你们结果，还将支付之前我答应过的报酬。"狄亚克的尾巴翘了起来，一副跃跃欲试的样子，里面似乎储存了大量数据。

狄亚克的报酬

"非常感谢，正因为有了你们的提议与合作，这个试验才得以圆满完成。你们每天发来的生物波形成了无比美丽的曲线，超过宇宙间任何一种图案。这个试验表明，除了拥有同宗同源的遥远历史，K星人和地球人在心灵方面已分化成两个完全不同的物种。地球人的心理波动像海浪一样，每时每刻都在不停地翻滚。通过贫穷和富裕两种极端环境的刺激，我看到了你们丰富的情感变化：遗憾、恐惧、后悔、懊恼、绝望、疼痛、伤感、惆怅、悲伤、羡慕、嫉妒、伤心、难过、慌张、怜惜、愉悦、怜悯、惊愕、憧憬、惊悚……地球人形容情感的词汇如此丰富，我现在终于能够大致分清这些词语的含义了。你们的生物波有时有主线，有时却是丛生的，是多种复杂情绪的组合，其中包含着高尚的神性和原始的兽性，它们共同形成了标志着人类特色的——人性。原来地球人的人性如此复杂、多变，真与假交汇，善与恶共存。我看见了人在奋进中爆发的潜力之美，也看到堕落和自私的丑陋。为什么K星人的生物波那么平淡、越来越接近直线呢？"狄亚克措辞准确，语言流畅，一口气说了这样一段话。

"是啊，你找到原因了吗？地球人和K星人的生物波为什么不同？" 一直沉浸在羞愧中的李小仙问。她本性善良，却也曾希望弄假成真，取代白浪，现在又后悔不迭，觉得对不起他。这些变来变去的想法，到底哪个才属于真正的李小仙？

"你完全不用自责，你的表现无非反映了最真实的人性，是与生俱来的，人的情感有时候无法控制。"狄亚克安慰这个垂头丧气的女孩。他的声音听上去和缓了许多，电子声音中依稀带了一些温和的语调，这是从来没有过的。

"为什么K星人和我们不同？"白浪也好奇地问。如果地球人不是这样生活，那还能怎样生活？K星人的生物波是怎么趋向直线的？他们的感情去哪儿了？

"虽然还没有更多的证据，但我认为K星人和地球人有着一样的生物波。K星人口爆炸后，政府开展'幸福计划'，使社会情绪越来越稳定。或许政府做了某些手脚，比如在配给的食物中添加了什么，或者用辐射等特殊手段降低了K星人的感知能力。人们一天天感到平静和幸福，心灵的活跃度也大大降低了。离开K星的这些日子，我的身体也发生了一些变化，感情变得丰富起来。白浪，非常抱歉，贫民窟停电的那一晚，你恐惧症发作的时候，我就在窗外观察，却没有进去帮你……"狄亚克的声音变得有些奇怪，似乎有什么哽在了喉咙里，他的确有了明显的变化。

"没关系，我早晚都要独自闯过这一关。现在我已经好多了，因为知道没有人会救我。"白浪拍了拍狄亚克的后背，豁达地笑了。他感觉自己一下子长大了，变成了原来的自己想不到的样子，可以独立经受住生活的考验。

"对了，关于报酬，只要你们想得到，无论是财富、地位还是名誉，我都可以给你们。"狄亚克很有底气地许诺。

"我有一个愿望，不知道能不能实现。"李小仙恢复了怯生生的样子，好像已经从白浪的生活中走了出来。

"请说吧。"狄亚克点头说。

"你可以带我离开地球去K星吗？"李小仙睁大渴望的眼睛。她一直渴望离开这里，当然这时的离开和前些天想随白浪一家移民月球的想法截然不同。

"可以，但是也许你不会喜欢那里。"狄亚克犹豫了一下，他想到K星人近似直线的生物波和地球人灿若烟火、线条丰富的生物波，K星会不会成为李小仙心灵的牢笼或者坟墓？

"不，我要去。我喜欢无悲无喜的生活，这儿的一切我受够了，请带我走吧！"女孩恳求。

"好吧，到了K星你可以和我一起研究，也许终有一天我们能使K星人的生物波重新变得像地球人的一样璀璨。"狄亚克像在安慰李小仙，又像在给自己打气。

"那你呢？你要跟我一起去K星吗？"狄亚克扭头问白浪。

"不，我不要离开。我才领略到真正的生活，不想就这么抛弃，我只有一个愿望……"

"那好，请说，我一定满足你。"

"能帮我保留李小仙的身份吗？让我可以随时以她的面目出现，让周围人的视觉和听觉修改一直存在。"

"为什么要这样？李小仙的生活难道让你觉得幸福？"狄亚克好奇地问，这次他的语气完美地诠释了疑问的含义，他终于学会在语气中夹杂情感了。

"不，不是。我只是觉得在她的身份中，我有一股从未有过的战斗力，或许贫穷能给人一种特别的力量。"白浪真心实意地说。如果他没有进入李小仙的生活，就不知道人活着必须倾尽全力，没有退路，才会最终有所成就，而成就比所有物质财富都更加珍贵、更能使人幸福。

"没想到你会提出这样的要求。好吧，我会延长那些视觉和听觉修改效果，并且加以调整，使你在两个身份中随意转换。我相信将来我们一定会重返地球。你们的生活让我羡慕，你们能在各种或微妙或起伏的情绪中畅游，简直是至高无上的享受，说不定我会永远留在这里。"

"羡慕？你能体会到羡慕了吗？"李小仙抛开了心事，变得开心起来。

"是的，我体会到了羡慕，还有许多其他的情绪，可能没有你们那么强烈，但我已经了解这是怎样一种心情。以后，你们有过的心理活动我也都会有。"狄亚克说完竟然笑了，愉快写在脸上，这是他来到地球后拥有的第一个表情。

"果然是心灵探测师，敏感度恢复得这么快。"白浪赞叹道。他瞥了一眼桌上那一大束鲜花，这是他赢得比赛后收到的。下次狄亚克再来的时候，白浪不知道自己会变成什么样子。狄亚克会再和自己下围棋吗？结果会怎样？他不禁期待未来，在这莫名的期待中，有一种说不清的甜蜜感慢慢升腾起来，但愿将来狄亚克也能体验到这种情绪。

关于作者和作品

徐彦利，中国当代知名科幻科普作家，著有长篇科幻小说《奇幻森林历险记》等400余篇文学作品，多次荣获全球华语科幻星云奖等国内重要的科幻文学奖项。其中，《心灵探测师》获得了第十届全球华语科幻星云奖最佳少儿中长篇小说金奖。

小说以外星人入侵为背景，描写了主人公白浪和李小仙互换身份、体验不同人生的故事。K星曾是个物产丰富的星球，医疗水平高度发达，居民长寿。人们选择优秀的基因遗传给下一代，乐此不疲地创造完美儿童。因此，K星人口迅速增长，不得不移民其他星球。同时，K星人的心灵也发生了变化，他们失去了喜悦、悲伤、恐惧、沮丧、绝望等情感。为了收集地球人的生物波，K星人狄亚克来到地球，选中白浪和李小仙进行了一项心灵探测试验。故事的结尾，狄亚克再次体会到人类的情感，两个年轻人也通过这次试验认识到了苦难最终能带来成长和收获。

　　故事主人公的经历都来自作者的童年和少年生活，承载了作者对人性的思考，相信小读者会产生深深的共鸣。这篇小说也是作者送给成长中的孩子们的礼物，帮助他们面对烦恼困惑，启发他们寻找解决问题的办法。

追击电脑幽灵

杨鹏

"弧光剑影"电子游戏厅

"'弧光剑影'电子游戏厅。"那家开张时间不长的电子游戏厅吸引了弟弟弟的注意力。他不由自主地向游戏厅走去。但是，当他走到一半的时候，突然，他的脑中浮现出早晨离家时的情景——

"爸爸、妈妈、妹妹，我向你们保证，从今天开始，我再也不玩电子游戏机了。我要好好学习，把落下的功课补回来，争取在期末考试的时候取得好成绩……"弟弟弟向全家信誓旦旦地说。

不久前，弟弟弟迷上了玩电子游戏机，无论是上课、吃饭、睡觉还是上厕所，脑中想的都是电子游戏。每天一放学，他就泡在电子游戏厅里玩游戏，把功课全部抛在了脑后。因为玩游戏机，他一天到晚萎靡不振，本来就只是中等的学习成绩一泻千里，数学甚至考了个不及格……昨天晚上，电视新闻里说有的孩子因为玩电子游戏机，不但学习成绩下滑，还因为付不起玩电子游戏机的庞大开销，偷盗、抢劫同学的钱，走上了犯罪道路。弟弟弟吓坏了，他可不希望自己成为一个偷抢同学钱的坏蛋。因此，他幡然悔悟，向全家保证自己要痛改前非，跟电子游戏机一刀两断。

可是现在，他的思想又动摇了。他摸了摸口袋，叮叮当当，太棒了，还有好几个一块钱的硬币。他对自己说："再玩一次，这绝对是最后一次了。"

他快步向那家电子游戏厅走去。但是，没走两步，就有人在背后拍了一下他的肩膀。他扭头一看，哇，是爸爸。爸爸穿着风衣，双手插在兜里，用冷冷的目光望着他。弟弟弟吓得全身哆嗦，情不自禁地喊了一声："啊？"

"小弟弟，不要去那家电子游戏厅。"他的声音粗犷而温和，跟爸爸的声音一点都不像。弟弟弟再定睛一看，立刻长吁了一口气：那个人不是爸爸，只是个陌生的、穿着风衣的大胡子伯伯。

"为什么？你是谁？凭什么管我？"弟弟弟说。

"因为……"大胡子伯伯被问住了。

"哼，我本来不想玩电子游戏的，被你这一说，我非玩不可了。"弟弟弟大步向游戏厅走去。

"等等。"大胡子伯伯在背后叫他。

然而弟弟弟连头也没有回。

"嘿,我一个左摆拳,又一个右勾拳,就把怪物给打倒了,真过瘾!"

"我连第一关都没闯过去,真丧气!"

"可惜我的钱都花光了,不然我还想接着玩。"

……

几个背书包的小学生从电子游戏厅里出来,边走边议论着。

"小朋友们慢走,下次还来玩哦。"个子又高又瘦、长得像一根干瘪的黄瓜的老板亲自把那几个孩子送出了门。他看见了弟弟弟,连忙嬉皮笑脸地迎上去。

"小朋友,想玩什么游戏,是《饿狼传》,还是《突出重围》?"他一边说,一边还盯着弟弟弟放硬币的口袋。

老板的脚边放着一块醒目的牌子,上面白纸黑字写着:"未成年人禁止入内。"牌子是早晨开张的时候他自己挂出来的,但现在他对牌子上的告示视而不见。

"都玩腻了,有最新的游戏吗?"弟弟弟装得跟电玩老手似的,不过,老板说的那几种游戏他确实不想再玩了。

"有啊,比如说……"老板又列举了一串电子游戏的名字。

"没劲,没劲。"弟弟弟说。他想:既然自己玩完这次电子游戏之后就要"金盆洗手",不如玩个刺激点的。

老板听他这么一说,便眯起眼睛,俯下身,压低了声音，神秘兮兮地说："小朋友，看来你不是高手就是行家。既然这样，我告诉你，我们这儿新进了一台最新款的电子游戏机，名叫'虚拟实境'……"

"'虚拟实境'？有意思，在哪里？"弟弟弟的好奇心一下子被勾了起来。

"跟我来。"老板说着，领弟弟弟穿过鬼哭狼嚎（电子游戏机发出的声音）的游戏大厅，掀开一个黄色的布帘子，又穿过一个黑暗的、长长的甬道，推开一扇小门，来到一间密室。

"这……这是什么地方？"弟弟弟有些害怕起来。他想不到电子游戏厅还会有这样的地方。他的脑中闪现出侦探电影里的某些画面。游戏厅老板没有什么企图吧？他会不会要绑架自己？

房间里的光线很暗，弥漫着蓝幽幽的光。在蓝光中，弟弟弟看见房间正中放着一台比一般的电子游戏机要大一些的游戏机，与众不同的是它的导线很多，还附有手套、头盔。

"你带了多少钱，小朋友？"老板的声音腻歪透了。

弟弟弟摸出一块钱硬币。

老板摇头说不够。

弟弟弟又摸出了一块。

老板还是摇头。

弟弟弟索性把口袋里的钱全掏出来。

"没有了？"老板的目光无比贪婪，令人联想到饥饿的狼。

弟弟弟咬着牙，点点头，他害怕老板不让他玩。

没想到老板把钱装进口袋后，拍了一下，听到口袋里叮当作响，便对弟弟弟说："你玩吧，想玩多久就玩多久。"说完便转身走了出去。

"注意注意，有一个男孩进了'弧光剑影'电子游戏厅，请密切监视，准备采取行动……"大胡子刑警队长拿起藏在风衣里的对讲机，对停在不远处树荫下的一辆吉普车里的两个部下和科学家天马博士说。

"是，队长。"车里的一男一女两个年轻警察同时答道。

原来，最近海拉市有36名小学生神秘失踪，警方怀疑跟"弧光剑影"游戏厅有关，但因为没有证据，所以不能逮捕游戏厅的老板。于是，大胡子刑警队长便带领他的两个部下监视这个游戏厅。刚才，大胡子用手拍弟弟弟肩膀的时候，悄悄将一个纽扣那么大、带有窃听功能的微型跟踪器粘在了弟弟弟背上。他通过跟踪器清楚地听到了弟弟弟和老板的谈话，并知道了弟弟弟的准确位置。可以断定，游戏厅老板正把弟弟弟带向他们正在寻找的目标——会使人丧失神智的"虚拟实境"电子游戏机。

"一定要在那个孩子玩游戏之前采取行动，不然那个孩子也会有生命危险。"科学家天马博士对警察说道。

弟弟弟危在旦夕，到行动的时候了。

电脑里的公主

弟弟弟迫不及待地戴上了传感手套和头盔，并打开了游戏机的电源开关。

屏幕上出现几个字："游戏者姓名？"

弟弟弟用键盘将自己的名字输了进去。

随后，激动人心的音乐通过头盔上的耳机传到弟弟弟的耳中，屏幕上出现了一行字："欢迎玩'虚拟实境'游戏，祝你成功。"

随后是冗长的游戏规则。弟弟弟想，天底下的电子游戏说明大概都是一样的，于是他看都不看，按了一下回车键，跳过了那些说明性文字。

之后，屏幕变成了一片蓝色。弟弟弟正茫然，不知道下一步该怎么办的时候，他突然听见一个声音在喊："救救我，救救我。"

这个地方怎么会有人喊救命呢？弟弟弟满腹狐疑地摘下了头盔，四下张望。但就在他摘下头盔的时候，呼救声消失了。

"一定是我听错了。"弟弟弟心想，又戴上了头盔。

这时，呼救声又响了起来："救命，救救我。"

"喂，你在哪里？"

"我就在电脑里面。"那个声音回答道，是一个女孩子的声音。

"电脑里面？游戏厅的老板竟然把你藏在电脑里了，你等着，我把电脑砸开了救你出来。"弟弟弟对女孩说。他做梦都没有想到电子游戏机里还装了一个人。难怪这台游戏机比一般的游戏机大一号。

"不，不要，"女孩说，"你只要按控制台左边第一个按钮就行了……"

"好吧。"弟弟弟按她说的做了。他想，也许按下按钮，游戏机的外壳就会裂开，那个女孩就能够脱身了。但是，他按下按钮之后，游戏机并没有裂开，刚才还是一片蓝色的电子游戏机屏幕上开始出现雪花点，渐渐变成了一条一条跳动的、长短不一的线。最后，它变得清晰起来。

不一会儿，电脑里出现了一个漂亮女孩苍白、惊惶的脸孔，她向弟弟弟哭诉道："快救我出去……"

"你是谁？你怎么会在电子游戏机里面？"弟弟弟奇怪地问。

"我是水晶公主，是电脑幽灵把我吸进来的，求求你快来救救我。"

"我怎么才能把你救出来？"

"你快按控制台上左边那个红色按钮……电脑幽灵就要来了……"

弟弟弟按下红色按钮，突然，他感觉到头嗡嗡直响，仿佛要爆炸了。眼前有无数亮点在晃动，他两眼发黑，一阵晕眩，失去了知觉……

弟弟弟醒来时，发现自己置身于一个空旷、冰冷的宫殿里，手套、头盔、电子游戏厅……全都不见了，他伏在水晶一般晶莹剔透的、可以照出人影的地板上。

"水晶公主，你在哪里？"弟弟弟大声呼喊着，空旷的大厅将他的喊声反射回来，在寂寞的宫殿上空久久地飘荡。

"救命呀——"宫殿一角传来凄厉的声音。弟弟弟回头一看，只见一个穿着一袭白衣的公主站在离他不远的地方，紧张地抱着一根水晶柱子，朝他呼喊——她就是水晶公主。

"别怕，我来了。"弟弟弟的心中升起一股豪情，快步向水晶公主跑去。

就在这时，半空中出现了一行字：

你可以选择一件武器：
A.死光枪 B.激光剑 C.流星锤 D.霸王鞭

弟弟弟没有明白这一切究竟是怎么回事，但凭着玩电子游戏的直觉，他伸手在"激光剑"那几个字上触摸了一下。立刻，半空中的其他字消失了，"激光剑"三个字迸射出耀眼的闪光，并开始浓缩、变形成了一把剑柄。

只有剑柄的宝剑怎么用啊？没关系，弟弟弟看过电影《星球大战》，他知道像激光剑这样的武器，只要按一下剑柄上的按钮，它的顶端就会射出激光，变成威力无比的激光剑。弟弟弟试着按了一下按钮，果然，剑柄的顶端射出了一道寒光凛冽的激光束。弟弟弟举剑砍向大厅里的一张石头桌子，石头桌子像是面包做的，一切就成了两半。他再按按钮，激光束缩了回去，激光剑又变成了剑柄。

有剑在手，弟弟弟更是豪情万丈，他觉得自己真的成了一个武艺高强的英雄。他快步冲到公主面前，抓住她温暖而柔软的手，说道："公主，快走。"

他的话音刚落，一阵风刮了进来。弟弟弟回头一看，天哪，一个两眼发着绿光的庞然大物站在了他的身后。怪物是从宫殿敞开着的窗户飞进来的。它的模样难看极了：马脑袋上长着一对巨大的牛角，身体像熊一样粗壮，穿着带钉子的盔甲，毛茸茸的手上还拿着一把闪着寒光的大刀。它用低沉而充满力量的声音说："公主，我是牛魔王，电脑幽灵派我来接你回去。"

"不……"水晶公主害怕得全身发抖。

"公主，你先让一下。"弟弟弟打开了激光剑，用身体保护水晶公主。

"臭小子，哪儿凉快上哪儿去！"牛魔王抬手将弟弟弟轻轻一推，弟弟弟一个趔趄，摔倒在地上。

"我可不是好惹的！"弟弟弟从地上爬起来，挥剑砍向牛魔王。

牛魔王用刀轻轻一挡，弟弟弟就觉得虎口发麻，手中的剑被震到了三四米之外——牛魔王的力气太大了，弟弟弟根本不是他的对手。

"吃我一拳！"弟弟弟想赤手空拳跟牛魔王斗，但牛魔王根本不想跟他打，只是像拎一只小鸡似的将他拎起来，扔了出去。弟弟弟的身体在空中画了个抛物线，落在了十几米外的地上。

"弟弟弟，救我。"水晶公主绝望地喊道。牛魔王用一只粗壮的胳膊挟着她，向宫殿的一扇门快速跑去。

"你往哪里跑？"弟弟弟腾地站了起来，朝着牛魔王出去的那扇门跑过去，可是他没跑两步就滑倒在地上。

弟弟弟又气又急，心想：我真没用！真没用！

就在这时，他的头顶传来"咔咔嚓嚓"的碎裂声。他抬头一看，只见宫殿的屋顶、柱子、墙壁……出现了纵横交错的裂缝，水晶地板也出现裂痕并开始向下陷——这座宫殿就要坍塌了！

"糟了，快跑！"弟弟弟向那扇敞开的门飞跑过去。

"轰隆——"一声巨响，一根三人合抱那么粗的大柱子断了，向弟弟弟砸了过来。

"醒醒，小朋友……"游戏厅老板推揉着伏在电子游戏机上呼呼大睡的弟弟弟，然而弟弟弟怎么也醒不过来。

游戏机屏幕显示一座宫殿正在碎裂坍塌，弟弟弟在宫殿里玩命奔逃，一根大柱子向他的脑袋砸去……

游戏厅老板知道游戏程序又出故障了。他有些恨自己，在心里对自己说："你真混，你一次又一次地对自己说不要再让小孩玩这台游戏机了，可你总是抵挡不了金钱的诱惑。你瞧瞧，又出事故了吧？这可是第37次事故啊……"

他这么想着，心里更急了，竟然动手摘弟弟弟的头盔，说道："臭小子，快给我醒过来！"

就在这时，他的身后传来一声怒喝："住手！"

游戏囚徒

弟弟弟从宫殿的小门冲出来的时候，宫殿在他的身后"轰隆"一声倒塌了，化成一堆废墟。

弟弟弟环首四顾，寻找水晶公主。他惊讶地发现：地上翠绿的小草突然变得枯黄，蔚蓝色的天空变得血红，小河里的水开始变黑……到了最后，地上突然汨汨地冒出红色的液体——是血浆。血越来越多，渐渐地像洪水一般汹涌起来，吞没了整个世界。湍急的鲜红巨流夹着震耳欲聋的轰鸣和腥咸味，几乎将他吞没。他身不由己地被卷裹着，随着血河奔涌而下……

弟弟弟像个乒乓球一般在血红色的河流里时沉时浮。他好不容易稍稍喘口气，便迫不及待地四下张望。在他的正前方，一个巨大的、不断变幻着形状的东西正朝他过来。弟弟弟定睛一看，猛然间想起生物课老师在黑板上挂的细胞图……

是的，弟弟弟掉进了微观世界。他此时正置身于一个人体内，耳边那一起一落、有节奏的、鼓点一般的声音，正是人的心跳声。

那个慢慢向弟弟弟的方向过来的是一个大大的巨噬细胞，它伸出一只变形的"手臂"，朝着弟弟弟的脖子缠绕过来。

"你被捕了。"一个义正词严的声音令游戏厅老板觉得脊背发凉。他回头一看，只见一个戴着黑框眼镜、知识分子模样的人和两名警察站在他身后。其中那个年轻的女警察向他亮出了逮捕证。

"我犯什么罪了？"老板明知故问道，面不改色心不跳。

"你违法使用正在试制过程中的计算机虚幻实体技术，用它来赚钱。有37个中小学生因为玩了'虚拟实境'游戏，大脑神经受到损伤……"知识分子模样的人义愤填膺地说，他就是天马博士。

就在这时，一个年轻的男警察冲了进来，气喘吁吁地对大胡子警察说："队长，我在隔壁房间发现了那36个失踪的孩子，他们全躺在地上，昏迷不醒。"

"这下你还有什么话可说，大老板？"大胡子用讥讽的口吻问道。

游戏厅老板像霜打的茄子一般低下了头，警察把他带出了电子游戏厅，送上了"恭候"在外的警车。随后，有六辆救护车赶到，将弟弟弟和其他昏迷不醒的孩子送往医院。由于弟弟弟是刚刚进入游戏世界的，他头上的头盔和手上的手套都没有被摘下来，而是和那台庞大的电子游戏机一起被单独抬上了一辆救护车。

大胡子警察也亲自开着一辆警车，带着天马博士跟随救护车前往医院。

"天马博士，可以给我解释一下什么叫'计算机虚幻实体技术'吗？"在开往市儿童医院的警车上，大胡子警察问道。

"当然可以。"天马博士说，"'计算机虚幻实体技术'指的是一种可以让我们走进计算机、沉浸在计算机生成的世界里的一种全新的电脑技术。你瞧，这个头盔其实是一台头戴式袖珍型液晶显示器，通过它，人们可以看到电脑中的立体图像，这是这门技术的核心。"

天马博士又指着放在座位上的手套说："这是一种特殊的全方位数据传感器。游戏者只要戴上头盔，套上手套，他的一举一动就被录进了'虚拟实境'电脑当中，并在屏幕上显现出来。他会感觉到自己忽然进入了梦幻般的电脑空间，即'虚拟世界'。在'虚拟世界'里，游戏者小到分子间的碰撞，大到星体间的运作，甚至四维以上的时空都能真实地感受到。目前这项技术还不完善，这家游戏厅的老板通过非法手段提前让它投入使用，牟取暴利。不料，电脑里出现了'幽灵病毒'。玩这个游戏的37个孩子的'意识'被困在了电脑世界里,我们现在要做的就是想尽一切办法,让这些被'囚禁'在电脑里的孩子摆脱电脑病毒的控制,回到现实世界中来……"

这时,警车开到了医院门口,天马博士的助手小雪已经在医院外面等候天马博士了。

弟弟弟和其他36个孩子被送往海拉市的儿童医院,不过,给弟弟弟治疗的不是医院大夫,而是天马博士和他的助手小雪。

在儿童医院特别提供的一间大病房里,弟弟弟坐在那台电子游戏机前的椅子上,昏迷不醒。为了他的安全,他的头盔和传感手套始终没有被摘下来,电脑屏幕上显现出他在电脑世界里的一举一动。在电子游戏机后面的一张很大的床上,那36个孩子依然在沉睡。他们的头上也戴着由生产"虚拟实境"游戏的厂家紧急提供的头盔,每个头盔的端口都连接在了游戏机的一个总接头上。这些孩子都是"游戏的囚徒"——意识被困在了游戏机里,而游戏机外的身体毫无知觉。为了使营救行动顺利进行,警方暂时封锁了消息,不让他们的家长知道自己的孩子正在儿童医院里抢救。并且,为了防止万一,医院还特别请了一个个子很高的士兵把守在病房门外,阻止任何人进入。

天马博士深深地意识到了自己肩上责任的重大:病房里的37个孩子身体虽然安然无恙,但是他们的大脑、意识在"虚拟世界"里危在旦夕。要是他们在"虚拟世界"里受到什么损伤，比如中了程序士兵的子弹，或者被什么怪兽吃了，他们的大脑细胞便会受到损伤，很可能还会死亡。即使万幸活了下来，也只是植物人。

"小雪，这个叫弟弟弟的孩子意识还没有完全被电脑幽灵病毒控制，我们要想办法引导他走出被破坏的'意识出口'，使他苏醒过来。"天马博士说。

"可是，他的意识正陷于混乱之中。"小雪担忧地说。她是一个刚毕业的女大学生，21岁，娟秀灵慧。

"我们现在最要紧的是找到一个游戏情境，把他固定在那个游戏情境中，再设法营救……"天马博士想了想说。

"现在离弟弟弟最近的游戏情境是'恐龙世界'，是不是应该让他落到'恐龙世界'里去？"小雪说。

"看来只能这样了。不过'恐龙世界'里有许多可怕的程序恐龙，我们一定要想办法保护好弟弟弟的安全，不让他受到程序恐龙的伤害……快行动吧，小雪。"天马博士将鼻梁上的眼镜往上推了推。

小雪点点头，用键盘往电脑里输入了一个命令。

"救命啊——"弟弟弟大声呼喊道。他拼命地游着，终于摆脱了巨噬细胞的纠缠。就在这个时候，他发现血红的天空中出现了一个很大的、金色的洞，那个洞射出一道金光，照在弟弟弟的身上，弟弟弟感觉自己的身体变得很轻、很轻，像鹅毛一样轻，被一股强大的吸力吸向那个金色的洞……

之后，是短暂的昏迷。

当他苏醒过来的时候，他发现自己躺在开满野花的草地上，温暖的阳光从天空中照射下来，照得他全身暖烘烘的——他终于摆脱那个血红色的世界了！

恐龙世界

弟弟弟揉了揉眼睛，坐起身，他惊讶地发现自己置身于史前时代：这里的天空没有受到过任何污染，干净得像透明的蓝水晶；一条白练般的河流从远方低矮的小山上蜿蜒而来，尽管水很深，但是仍然清澈得可以看见河里的鹅卵石和小鱼；这里的树木非常繁茂，到处是银杏、针叶林、带荆棘的灌木和长势茂盛的野草……

这是一个原来只能在电影或者画册里看到的、欣欣向荣的史前世界。

"刺啦啦……"树上一阵响动，弟弟弟抬起头，看见一只奇怪的鸟儿从树枝间飞过——那只鸟儿的翅膀顶端竟然有爪子。

"始祖鸟？！"弟弟弟惊喜地喊道。始祖鸟的模样跟他在画册中看到的一模一样。

"怎么回事？我到了恐龙时代吗？我怎么会在这个地方？我还能回到我原来的世界中去吗？……"弟弟弟满脑子

疑问。

就在这时，一个巨大的黑影向他飞了过来。

"风神翼龙！"当黑影越来越近时，弟弟弟情不自禁地叫了起来。

曾有一段时间，他迷上了恐龙，他的书架上摆满了各种恐龙的画册，他的玩具箱里收藏了各种各样的恐龙模型，他的书包上、文具盒里、课桌上、写字台上、床头柜上……都贴着恐龙不干胶贴纸，甚至，他的文化衫上也是一只龇牙咧嘴的霸王龙。爱因斯坦说过"兴趣是最好的老师"，正因为弟弟弟曾经是"恐龙迷"，所以他成了半个恐龙专家，不管什么样的恐龙，他都能立即说出名字，并列举出那种恐龙的习性。

向他飞来的恐龙正是风神翼龙。它的皮肤是褐色的，两只翅膀很像蝙蝠翅膀，顶端有尖利的爪子，翅膀张开时它的身体有一架直升机那么大，是中生代会飞的恐龙中最大的恐龙。它在天空中以优美的姿势滑翔着，当它发现地上的弟弟弟时，它突然朝弟弟弟俯冲下来。

"啊！"弟弟弟大吃一惊，他没想到风神翼龙会向他发起进攻，他拔腿飞跑起来。

风神翼龙张开了形状像鸬鹚嘴的大口，向弟弟弟喷出烈焰。

"天哪，书上可没有说过风神翼龙会喷火！"弟弟弟一边跑，一边自言自语道。风神翼龙喷出的烈焰离他越来越近。

确实，真正的风神翼龙是不会喷火的。不过，弟弟弟此时置身于电子游戏机的"虚拟世界"中，他看到的恐龙只不过是一只程序恐龙，是游戏设计者给它设计了喷火的程序，所以它就会喷火了。

　　"博士，现在我们该怎么办？"小雪看见风神翼龙用火烧弟弟弟，非常着急。

　　"别担心，这个孩子是个玩游戏的高手，他一定有能力逃过这个劫难。"天马博士说。他正在从电脑中调出可以将弟弟弟解救出来的程序。

　　就在大火要烧着弟弟弟的衣服时，弟弟弟一个三级跳远，蹦入前方一个碧绿的大湖中。

　　烈火从湖面上掠过，好险啊！

　　弟弟弟在水里潜了十几秒钟，才将脑袋仰起来。这时，风神翼龙已经飞远了，在蔚蓝的天空中变成了一个小黑点。

　　弟弟弟长舒了一口气，又游回了岸上。

　　"到底是怎么回事？我怎么会在这个地方？难道我不小心乘上了什么时间机器？……不对，我记得我去了一家电子游戏厅，电脑里有一个叫'水晶公主'的女孩向我呼救……"弟弟弟一点一点地回忆刚刚发生过的事情。这对他来说是件好事，只要意识保持清醒，他就有可能返回"意识出口"，回到现实世界中去。

　　"轰隆隆……"天边传来了打雷的声音，大地突然震颤起来，弟弟弟看见许多小动物从地里钻了出来，四处乱跑。

"怎么回事？地震了吗？"弟弟弟心想。他也毫无目标地奔跑起来。

不一会儿，地震更加剧烈了，弟弟弟扭过头去，看见四只有三层楼那么高、身体跟一列火车一样长的大恐龙正缓缓地向这边走来。它们每走一步，大地就会震颤一次，仿佛地震一般。

"这是地震龙，恐龙时代陆地上最大的恐龙之一。"弟弟弟自言自语道，他加快了奔跑的步伐。

然而地震龙的步伐比他大多了，不一会儿，一只地震龙就赶上了他。它巨大无比的脚铺天盖地地向弟弟弟踩了下来。

"完了，这下真的玩完了。"弟弟弟抱着脑袋蹲在地上，只能坐以待毙。

小雪看着屏幕里的情形，被吓蒙了，不知该如何是好。

天马博士也束手无策。出现这种情况，只能听天由命了。

"砰！"弟弟弟听见一声巨响。他睁开眼，看见地震龙巨大的脚已经落到了地上。万幸的是，弟弟弟蹲着的位置正好位于地震龙的脚的两趾之间，因此没有被地震龙的脚伤着。

"轰隆隆……"地震龙的喉咙里发出打雷般的声音，它抬起腿来，继续向前迈进，离弟弟弟越来越远。

弟弟弟扭头看自己的身后，吃惊得全身寒毛倒竖：他身后有一个两米多深的巨坑——那是地震龙刚刚踩出来的脚印。

小雪和天马博士屏着呼吸看着这惊险的一幕。当一切都过去时，他们俩都长舒了一口气。这时，屏幕的右上角有一个绿灯亮了。小雪高兴地说："博士，拯救弟弟弟的温特程序找到了。"

天马博士的眼中也闪烁着惊喜的光芒，他说："快！快把温特程序调出来。"

但是，弟弟弟这边的情况并不容乐观。就在弟弟弟庆幸自己摆脱了地震龙的时候，他又被一只霸王龙盯上了。那只饥饿的霸王龙正伏在草丛中，一动不动，弟弟弟没有发现他，毫无知觉地向它埋伏的那片草丛走去。

"嗷——"霸王龙突然从草丛中跳出来，张开血盆大口，扑向弟弟弟。

幸好，弟弟弟有着多年的玩电子游戏的经验，因此，他想都没想，条件反射般一侧身，霸王龙从他的身边一跃而过，扯破了他的衣服，但没有伤着他。

霸王龙扑了个空，转过身来，想要再次向弟弟弟发动进攻。就在这一刹那，弟弟弟灵活地转身飞跑起来。

霸王龙对弟弟弟穷追不舍。霸王龙虽然身体庞大，却是侏罗纪奔跑速度最快的恐龙之一。

弟弟弟的生命危在旦夕。他后悔曾经把霸王龙画在文化衫上。他终于明白了成语"叶公好龙"是什么意思。他非常同情叶公，他觉得现在的自己就是叶公。

"糟了，弟弟弟现在受到一只程序霸王龙的攻击，我们该怎么办？"小雪心急如焚。

"嗨，我们竟然忘了弟弟弟在游戏中，其实我们早就应该给弟弟弟配备一件武器。"天马博士说，"小雪，快，从武器库程序中调一把激光枪给弟弟弟。"小雪手忙脚乱地从武器库中调出了枪的程序，不过，由于太过匆忙，她调出的是一把自动步枪。

霸王龙的黑影罩住了弟弟弟。

弟弟弟正束手无策的时候，他的手里突然出现了一支自动步枪——是小雪从武器库里调出来给他的。弟弟弟喜出望外，转过身去，扣动扳机，朝霸王龙扫射。

"嗒嗒嗒嗒……"子弹射在了霸王龙的肚皮上、身上、爪子上、尾巴上、硕大的脑袋上……然而，它的皮硬极了，没有一颗子弹伤到它。

弟弟弟见子弹对霸王龙无效，把枪扔在地上，继续逃命。

霸王龙离他越来越近，它的大嘴就要咬到弟弟弟的脑袋了。

千钧一发之际，弟弟弟发现脚下突然多了个滑板——也是小雪输入的程序。

有了滑板，弟弟弟的逃跑速度一下子提高了好几倍。他不但从霸王龙的巨口中逃脱，还将霸王龙甩出了十几米远。他朝霸王龙做了个鬼脸，向霸王龙挥手告别："拜拜。"

不一会儿，穷追不舍的霸王龙就被弟弟弟远远地甩在身后了。

温特缪特在行动

弟弟弟站在一个高高的山崖上，他看见山崖下有上万只恐龙在奔跑，烟尘滚滚。那壮观的景象令弟弟弟激动不已。

"轰隆隆……"突然，大地又震颤起来，弟弟弟脚下的山崖突然碎裂开来。弟弟弟没有站稳脚跟，一个跟头向山崖下面栽去。

"救命啊——"弟弟弟大声呼喊着。当他掉到半空中的时候，他惊讶地发现整个史前世界正在变化：所有的东西，不管是有生命的恐龙、树木，还是没有生命的石头、湖泊，全都褪去了颜色，变成了形状各异的线条。随后，那些线条也抖动起来，互相交织，失去了原来的形状……到了最后，弟弟弟也不再往下坠落了，世界变成了由线条构成的世界。在这个世界里，分不出天和地、上和下、左和右，一切都是线条，无比奇特的线条，它们平行、交叉，像有生命一般此起彼伏，在一秒钟内可以变幻几百种颜色，让人目不暇接……

"怎么回事？到底是怎么回事？"

弟弟弟无法解释眼前发生的一切。这时，一个魔幻般的"立方体"匀速转动着向他飞来。

电脑屏幕上，各种稀奇古怪的图形、字符飞速闪过。

天马博士和助手小雪在电脑前紧张地工作，他们的手灵活地敲着键盘，发出"嗒嗒嗒嗒"的声响。终于，屏幕上出现了闪烁的提示符，然后又出现一行字："温特缪特为您服务，需要什么帮助？"

天马博士和小雪的脸上都浮现出笑意。天马博士在电脑里敲入一行字："尽快找到弟弟弟，带他返回'意识出口'。"

电脑马上回答："自动检索程序启动，正在搜索，稍候。"

那个魔幻立方体有惊无险地从弟弟弟身上穿过，弟弟弟丝毫未感觉到疼痛。他稍一回头，那个立方体变成了一个魔幻球体，在虚幻无比的线条世界中滚动。在弟弟弟眨眼之间，魔球和其他线条融在了一起，消失了。

线条开始有秩序地排列起来，也就那么一会儿工夫，弟弟弟发现自己置身于一个充满线条的小房间里。于是他四处寻找小房间的门，却发现小房间是封闭的，连一条缝都没有。

"咝、咝、咝……"

一侧的墙壁隆起来，弟弟弟看见一个光溜溜的脑袋，那个脑袋费劲地从墙壁中钻出来，接着肩膀也从墙壁里探了出来。

那个脑袋往下一垂，弟弟弟看见他那充满了眼白的小眼睛。他费力地喊道："喂，帮我一把。"

　　弟弟弟手足无措，用手去扯他的肩膀。突然，那人的肩膀不可思议地长出了两排牙齿，向弟弟弟咬来。

　　天马博士按下了搜索键，屏幕上出现了窗口式的方格子。他用鼠标移动屏幕上的指示箭头，对准"温特缪特"字样的窗口，轻轻点了一下鼠标。一串关于"温特缪特"软件的信息显示出来："温特缪特程序秘密编入了自我解放的内驱力，可以独立脱离原来的程序，游动于网络之中。它是一种高智能的移动程序，可对发生'精神分裂症'的程序进行'治疗'，并包含了针对神经系统的新医疗技术……设计者：威廉·吉伯森，美国人。设计时间：1984年。"

　　随后，电脑屏幕上又出现一行字："温特缪特已经搜索到弟弟弟的信息，是否采取进一步行动，请指示。"

　　天马博士按了一下回车键，温特缪特程序便启动了。

　　他仰头靠到椅子上，长舒了一口气。他知道，用不了多久，弟弟弟就可以脱离险境。

　　弟弟弟惊恐地将手缩回。

　　牙齿合上了，又变成了肩膀——原来，他只是想跟弟弟弟开个玩笑。那个人从线条墙壁里跳出来，是一个老小孩，长得白白胖胖的。他站在弟弟弟面前，笑眯眯地望着弟弟弟。

　　"喂，你好，你是谁？"弟弟弟很高兴能在这个稀奇古怪的世界里遇到一个人，还是一个挺有趣的人。

"我是……谁？这得好好想想……"

他说话时，耳朵像吹起的气球似的慢慢膨胀，一点一点变大，到最后大得像两把扇子，逍遥自在地扇起风来。

"我是谁？这个问题问得好！这还真是个问题……"

他思考着，用手一搓鼻子，鼻子竟然跟玩具似的掉到了地上。他蹲下去，像捏橡皮泥似的又把鼻子安回了脸上。他继续说道："我还是想不起我是谁。"

"奇怪，温特缪特怎么还迟迟不行动呢？"

小雪看着外形像老小孩的温特缪特程序，奇怪地问。

天马博士也觉得很奇怪，他用检索程序检测了一下温特缪特程序，有些吃惊地说："糟糕，温特缪特程序也感染了一些电脑病毒。不过暂时没有扩散，还在我们的控制之下，只要它能在五分钟内把弟弟弟带到'意识出口'，弟弟弟就没有什么危险。"

"但愿一切都顺利。"小雪心想。她很为电脑里的大脑袋男孩弟弟弟担心。

天马博士再次按了一下回车键，催促温特缪特程序执行命令。

老小孩正说着，突然身体像泄了气的气球一般，整个扁了，落到地上，薄得像一张塑料纸。

他若有所思地说："哦，我想起来了，我是变形爸爸，又叫温特缪特，我可以有九千九百九十九亿种变化，怎么样，咱们交个朋友吧……"

变形爸爸说着，身体又鼓胀起来，恢复了人形。他伸出左手去握弟弟弟的手，弟弟弟连忙伸出手去，但还没够着变形爸爸的手，变形爸爸的手却不知怎么的就消失了。

弟弟弟有些生气，也将手缩回。这时，他又惊讶地发现头顶的天花板消失了，出现了一片蓝蓝的天空。四周的墙壁也在变矮，可以看见许多树，还能看见远处平静的湖水。弟弟弟再低头，脚下扑朔迷离的线条也消失了，变成了一片如茵的芳草地。

"这么漂亮的地方，你难道不想玩一玩吗？"变形爸爸深呼吸了一口气说。

"我真担心这一切用不了多久就会不见。"弟弟弟说。

变形爸爸弯下腰，变成了一匹白色的、可爱的小马，他对弟弟弟说："上来，上来呀！"

弟弟弟从来没有骑过马，他想骑马肯定是一件有趣的事，于是便毫不犹豫地翻身上马。也就在这时，小马突然长大了，变成了一匹高大威猛的白色骏马，它带着弟弟弟在草地上飞跑起来。

"真有意思。"习习的凉风吹拂着弟弟弟，弟弟弟既舒适又惬意，紧紧地搂着马的脖子。

忽然，不远处传来孩子啼哭的声音："呜——呜呜——

呜呜呜——"

变形爸爸

弟弟弟奇怪地问道："怎么会有小孩的哭声？变形爸爸，咱们过去看看吧！"

但变形爸爸说道："少管闲事，小朋友，不然你会有麻烦的！"

变形爸爸说完，跑得更快了，像一阵风。并且，它的两侧还长出了一对巨大的、覆盖着白色羽毛的翅膀，它带着弟弟弟腾空而起，朝蓝天里一块彩色的光斑飞去——变形爸爸变成了一匹天马！

如果是以前，弟弟弟一定会觉得非常惬意，毕竟，并不是人人都有机会骑着天马在天上飞。但现在，孩子们的哭声越来越大，震得弟弟弟头皮发麻。

"不，变形爸爸，我一定要去救他们，请带我去找他们吧！"弟弟弟倔强地说道。他是一个心地善良的孩子，他觉得如果自己就这样离去，见死不救，他的良心一辈子都过不去！

天马犹豫起来，它一会儿朝孩子哭声传来的方向飞去，一会儿又扭头飞向天空中的光斑，它就这样来来回回地飞着，仿佛在做一个奇怪的游戏。

"温特缪特程序出问题了！"小雪看着屏幕上带着弟弟弟在天空中来回跑的天马，说道。

"因为弟弟弟给了温特缪特一个和我们给它的指令完全相反的指令，它不知道该听谁的，所以就成了现在的样子！"天马博士皱着眉头说道。

他抬头看了一下墙上的钟，距离刚才弟弟弟遇见温特缪特已经过去两分半钟了，如果在接下来的两分半钟里，弟弟弟不能骑着温特缪特从"意识出口"出去，温特缪特程序里的电脑病毒将扩散，弟弟弟将有生命危险！

想到这里，天马博士冲到电脑前，对连着电脑的话筒大声说道："弟弟弟，不要管那些孩子了，快让天马带着你离开！"

天马博士的声音通过话筒传进电脑世界，那声音在弟弟弟听来，就像是夏日天空中的惊雷在轰响。

"你是谁？"弟弟弟惊讶地问道。

"我是天马博士，你所在的世界是电脑世界，不是真实世界，我正在真实世界里跟你说话！"巨大的声音回答道。

"电脑世界？这么说，这里的一切都是假的？……那些哭泣的孩子也不是真的吗？"弟弟弟问道。

"不，他们和你一样，是因为玩游戏而坠入电脑世界的孩子。我们会另外想办法营救他们，当务之急，是你自己要先从里面安全地出来！天上那个彩色的光斑是'意识出口'！"天马博士的声音有些急躁，毕竟又过去了半分钟。

"如果他们是真的，我就得去救他们！变形爸爸，带我去找他们！"弟弟弟大声说道。

但是这一回，天马不但没有听弟弟弟的命令，还变成了一条巨大的、金色的、威风凛凛的龙，带着弟弟弟头也不回地朝光斑飞去——形势危急，小雪给温特缪特输入了加强程序，并让它变形成飞得更快、更强大的动物，带着弟弟弟逃离电脑世界。

光斑越来越大、越来越明亮、越来越五彩斑斓，到最后，它竟然变成了一个五光十色、放射着七彩光辉的圆洞。

距离电脑病毒暴发还有一分钟，温特缪特即将冲出"意识出口"！

但就在这时，弟弟弟做出了一个令人惊讶的举动。他竟然从龙背上跳了下去，并大声喊道："我必须去救他们！"

天马博士和小雪见状，吓得同时叫了起来："啊——"

毕竟，从电脑世界的天空中坠到地上，弟弟弟非死即伤！

就在弟弟弟的身体又撞向那朝他张开宽广的胸膛、离他越来越近的大地时，说时迟，那时快，一只孔武有力的爪子抓住了他的后背，带着他飞了起来——是金龙在最危险的时刻救了他。

"先不要带我出去，带我去救那些孩子！"弟弟弟对金龙说道。

金龙这一回没有再犹豫，它一把将弟弟弟甩到背后，挥舞着巨爪，风驰电掣般朝孩子哭声传来的方向飞去。

　　屏幕外面的天马博士和小雪见金龙抓住了弟弟弟，都长长地舒了一口气，但他们的心随即又提到了嗓子眼——他们现在只能由着弟弟弟去当孤胆英雄，营救其他被困在电脑世界里的孩子了。他们撤销了温特缪特体内带着弟弟弟冲向"意识出口"的指令，但是，再过几十秒，电脑病毒就要暴发了。到那时候，温特缪特很可能会被电脑病毒控制，不再听他们的命令，反过来伤害弟弟弟和那些孩子。

　　时间一分一秒地过去，突然，天马博士灵机一动，他飞快地往电脑里输入了一个指令。

　　"救救我们，快来救救我们！"在一片如同遭到原子弹袭击的城市废墟中，36个孩子正对着被核雾笼罩的阴霾天空大声地呼喊。

　　他们已经呼喊了很久，但周围除了他们的喊声，一片静寂，没有任何回应。他们的心中充满了绝望。

　　这时，一条闪闪发光的金龙带着一个孩子穿云破雾，向他们飞来。金龙背上的孩子还朝他们一边挥手，一边喊道："别担心，我来了！"

　　那个骑龙而来的孩子，正是侠肝义胆的弟弟弟！

　　"太好了，我们有救了！"孩子们欢呼雀跃起来。

"快上来！"金龙敏捷地落在地上，弟弟弟朝大家喊道。

大家纷纷朝弟弟弟跑过来，要往金龙的背上爬。然而，出人意料的事情发生了：金龙突然仰天发出一声长啸："嗷——"

它将弟弟弟以及几个刚爬到它背上的孩子掀到了地上。之后，它竟然像工厂的烟囱一样，从嘴里喷出一股股黑气。那些黑气越来越多、越来越浓，并汇聚在一起，变成了一个巨大的、顶天立地的、两只眼睛比灯笼还大的魔鬼——它的背上竟然还长着一对巨大的蝙蝠翅膀。

弟弟弟大吃一惊，问道："变形爸爸，你怎么啦？你怎么变成这个样子了？"

魔鬼仰头大笑道："哈哈，我不是变形爸爸，我是电脑幽灵！我终于自由了，弟弟弟，我要把你还有这些小孩，以及全世界的人类，通通变成我的奴隶！"

弟弟弟变成了孙悟空

电脑幽灵说话的时候，身体放射出千万道闪电——那些闪电竟然是黑色的！它们穿透核雾，射向四面八方。

电脑幽灵射出的黑色闪电可以影响地球上所有电脑的病毒程序。黑色闪电一出，现实世界顿时发生了各种可怕的灾难：城市突然停电了；一些靠应急蓄电池运转的电脑程序出现错乱，受它们控制的各种设备，比如手机、马路上的红绿灯、各种家用电器、工厂里的机器、无人驾驶汽车、飞机、高铁、轮船……全瘫痪了。人们纷纷抓起电话往警察局打，但是，电话里传来的只有"嘟嘟嘟"的忙音！

世界陷入了一片混乱。

儿童医院里也是一片漆黑。天马博士望着蓝莹莹、空无一物的电脑屏幕，对小雪说道："如今，我们只能寄希望于温特缪特和弟弟弟了！"

面对突然的变故，弟弟弟一时间也有些不知所措。

这时，他的耳边传来一个声音："弟弟弟，快把我捡起来！"

弟弟弟扭头一看，发现地上有个东西在闪着光——是一颗晶莹剔透、散发出微光的珠子。

弟弟弟弯下腰，将那珠子拾起，疑惑地问道："是你在跟我说话吗？"

那珠子说："是的，我是变形爸爸！刚才，天马博士往我身体里注入了程序分离指令。因此，当潜藏在我身体里的电脑病毒——电脑幽灵化作烟雾从我的体内跑出去时，我的身体就跟病毒分离了，再也没有电脑病毒了！之后，我就变成了'灵珠'。你快把我吞下去，然后和电脑幽灵战斗，打败它，并把被困在电脑里的孩子们救出去！"

弟弟弟二话不说，将"灵珠"吞进了肚中。

"哎哟——"当"灵珠"从弟弟弟的咽喉滚进他的胃

里时，他感觉胃里像有一团火在燃烧，接着，他全身开始疼痛，像被唐僧念了紧箍咒的孙悟空，满地打起滚来。

"哥哥，你……你怎么啦？"一个小女孩惊恐地问道。

"弟弟弟，坚持住……坚持住……"变形爸爸的声音在弟弟弟的脑海里响起，"电脑病毒有着比人类更强大的运算能力、记忆存储能力、对机器的控制力……但是，它只是程序，没有人类的情感、意志和为了他人奋不顾身的勇气！用你的爱、你的意志和你的勇气打败它！"

弟弟弟咬牙坚持着，1秒钟、5秒钟、10秒钟……他感觉到"灵珠"正在被他的身体融化，融化的灼热感正在被他的细胞一点一点地吸收，他正在进化、升华、脱胎换骨……

"哈哈，世界已经在我的掌控之中了，原始、渺小、脆弱的人类现在通通成了我的奴隶，你们这些小家伙也向我臣服吧！"

电脑幽灵狞笑着向孩子们走来，它的身形和一座小山一样大，巨大的阴影罩住了所有的孩子。大家都瞪大了眼睛，一些年龄较小的孩子吓得大哭了起来。

"不，你只是个狂妄无知、妄自尊大的程序，没有人向你认输的！"弟弟弟突然从地上一跃而起，大声喊道。

"什么，你竟然敢对我说忤逆的话？受死吧！"电脑幽灵勃然大怒，头上冒出熊熊火焰——那火焰竟然也是黑色的！它抬起巨大的脚掌，向弟弟弟他们踩了过来。电脑幽灵的脚掌比一间教室还大，一脚踩下去，可以将所有人都踩成纸片！

危急时刻，弟弟弟伸出双手，用掌心朝孩子们射出一道金光。那金光形成了一个半球形的透明罩子，迅速地将孩子们罩住。

然后，他大喊一声："变形爸爸，把我变成孙悟空！"

话音刚落，弟弟弟就摇身一变，变化成头戴紫金冠、身披锁子黄金甲、脚穿登云靴、手持金箍棒的威风凛凛的齐天大圣。他驾着筋斗云飞到天空中，又举起金箍棒，劈向像巨灵神一样巨大笨拙的电脑幽灵。

电脑幽灵踩在了弟弟弟刚刚制造出来的金光罩上，不但没有踩到任何人，还被烫得"嗷嗷"叫。那金光罩不但比金刚石还坚固，它还会发热。它表面的温度和从火山里喷出来的熔岩温度一样高！电脑幽灵见弟弟弟举着金箍棒朝自己打过来，慌忙躲闪，但还是躲得有些慢了，肩上的铁甲被金箍棒砸下来一大块。

"好小子，你竟然敢在太岁头上动土！今天，我要让你好好尝尝我的厉害！"电脑幽灵说着，手中变出了一把亮晃晃、一侧还挂着许多铁环、叮当作响的大刀。它举起那比参天大树还要高、比一辆集装箱车还要宽的巨刀，朝弟弟弟砍了过来。

和高大如山的电脑幽灵相比，弟弟弟小得像一只昆虫。他灵活地躲过了砍过来的大刀，又举棒劈向电脑幽灵硕大的

脑袋。

就这样，弟弟弟和电脑幽灵在电脑世界里你来我往，大战起来，他们一个棒举如游龙戏水，一个刀砍似舞凤飞天，战斗了三百多个回合，直打得天昏地暗、日月无光，却仍然不分胜负。

渐渐地，弟弟弟有些体力不支，而电脑幽灵却似乎有用不完的力量，并且越战越勇。

弟弟弟不禁有些着急，小声说道："变形爸爸，这样打下去，我的体力迟早会消耗光的！这不是办法！"

变形爸爸的声音在弟弟弟的脑海里响起："说得对哦！你现在是孙悟空，让我搜索一下《西游记》，看看如果是孙悟空本人会怎么办。……假如电脑幽灵是巨灵神，孙悟空会……不行，巨灵神不是孙悟空的对手，三下两下就被打败了，电脑幽灵没那么弱……假如电脑幽灵是二郎神，孙悟空会……也不行，孙悟空被二郎神抓起来了，我可不能让电脑幽灵抓走弟弟弟……假如电脑幽灵是铁扇公主，孙悟空会……哈哈，有了！弟弟弟，你可以这么来……"变形爸爸说出了他的计策。

弟弟弟心领神会。他继续与电脑幽灵刀棒相交地战斗，突然，他瞅准电脑幽灵嘴巴大张的机会，收起金箍棒，一个鹞子翻身，竟然跳进了电脑幽灵的血盆大口里，然后又"咕噜噜"滚进它的腹中。

电脑幽灵大吃一惊，问道："小家伙，你……你想干什么？"

电脑幽灵的肚子宛如一个熔岩四处流淌、燃烧着熊熊火焰的巨大洞穴。

"灵珠"从弟弟弟的身体里钻了出来，变成了一个美丽的公主——竟然是水晶公主！

弟弟弟也变回了原形，他惊讶地看着水晶公主，问道："你……你究竟是变形爸爸，还是水晶公主？"

水晶公主说："都是，也都不是！我和变形爸爸其实是一个名叫温特缪特的程序变的。电脑幽灵和我一样，是一个人工智能程序，它之所以要抓我，就是为了入侵我的程序，借我的掩护，骗过人类的程序员，暗中壮大。如今，它已强大到控制了世界上所有的电脑。如果要战胜它，我们只能以其人之道，还治其人之身——我先进入它的程序，再植入天马博士刚才给我植入的炸弹程序，和它同归于尽！"

弟弟弟大吃一惊，难过地说："水晶公主，难道就没有其他办法了吗？"

水晶公主摇头说道："没有！弟弟弟，我很高兴认识你，也感谢你进入电脑世界勇敢地救我。你让我看到了人类的勇气、无私与坚强。现在，告别的时候到了，再见！"

水晶公主的手中射出一道金光，那道金光像一个透明的鸡蛋似的，将弟弟弟包裹在里面，然后，她腾空而起，向洞穴的顶部——电脑幽灵的身体冲撞过去。

弟弟弟难过地喊道："水晶公主……"

"出来，温特缪特，你给我出来！"电脑幽灵痛苦地叫喊着。它的身体变得像火炉里燃烧的木炭一样通红，并不停地放射出黑色闪电。此时，温特缪特已经钻进了它的体内，正在感染它身体里的每一个字节——相当于人类的细胞。

"轰隆——"一声惊天动地的巨响，电脑幽灵爆炸了，化作千万块碎片，射向四面八方，而包裹着弟弟弟的"金蛋"从爆炸的最中心处激射出来，落在罩着36个孩子的金光罩旁边。

之后，云开雾散，天空重新变回了瓦蓝色，飘着朵朵白云。蓝天里的光斑像父母们慈爱的眼睛，默默地注视着地上这些天真无邪的孩子。

现实世界终于又来电了，所有的灯都亮了起来，各种电脑程序里的电脑病毒全部被净化，手机、红绿灯、无人驾驶车、飞机、高铁、轮船……也都恢复如常。

儿童医院也重现光明。天马博士的电脑屏幕上重新出现了弟弟弟和36个孩子的身影。

"博士，现在可以把弟弟弟他们带回来了吧？"小雪问道，她已经有些迫不及待了。

天马博士微笑着点点头。

小雪往电脑里输入一个指令，并按下了键盘上的回车键。

天籁般的音乐声响起，保护着弟弟弟的"金蛋"以及罩住36个孩子的"金光罩"化作一道道光，射向天空中的光斑，很快，那些光芒变成一座七色的彩虹桥，桥的一端是地面，另一端则是通向现实世界的"意识出口"。

弟弟弟和所有孩子都欢呼雀跃，手拉着手，踏上了彩虹桥，向天边五彩缤纷的出口走去。

当孩子们走出"意识出口"时，他们如同大梦初醒，从儿童医院的病床上坐了起来。他们看见病房的玻璃门外面，他们的父母正用热切的目光望着他们，泪流满面。

关于作者和作品

《追击电脑幽灵》的作者杨鹏是中国著名儿童文学作家和中国少年科幻小说作家。杨鹏1972年生于福建龙岩，1997年毕业于北京师范大学中文系，迄今为止出版作品100多部，合计1000多万字。他的主要作品有《装在口袋里的爸爸》《来自未来的幽灵》《校园三剑客》《功夫米老鼠》《小超人弟弟弟》《海宝来了》等。他还是中国首位迪士尼签约作家。

"弟弟弟"是杨鹏写作之初创造的一个童话形象，以弟弟弟为主人公的故事曾连续十几年在国内各少儿刊物上发表。他通过幽默的语言、连贯的叙事、曲折的情节，成功地塑造了一个可爱、开朗、勇敢的男孩形象，赢得了无数孩子的喜爱。

故事里的虚拟实境游戏我们并不陌生，只要戴上虚拟现实装备，我们就可以进入一个可交互的虚拟场景，可以是当前的场景，也可以是过去和未来的场景；游戏的真实感和沉浸感也大大增强。